Joachim Koller

Mission Rakomelo

Bibliografische Information der Deutschen Nationalbibliothek:
Die Deutsche Nationalbibliothek verzeichnet diese Publikation in
der Deutschen National-bibliografie; detaillierte bibliografische
Daten sind im Internet über dnb.dnb.de abrufbar.

Texte: © Joachim Koller
Umschlag: © Joachim Koller

https://www.facebook.com/kollerjoachim
joachim.koller@chello.at
Instagram: joachim_koller_autor, #jkautor

Herstellung und Verlag: BoD – Books on Demand, Norderstedt
ISBN: 9783759713056

Prolog
2. Juli, Wien

Die Turnhalle hatte den unverkennbaren Geruch von jugendlichem Schweiß. Noch dazu waren alle Fenster geschlossen, da es draußen in Strömen regnete. Zu Ferienbeginn hatten sich die anwesenden Jugendlichen sicherlich besseres Wetter gewünscht.

Die Gruppe von insgesamt zwölf Mädchen stand verschwitzt in ihren Straßenklamotten vor Niko und Ben. In den letzten zwei Stunden hatten die Jugendlichen den letzten Teil ihres Kurses absolviert.

»Damit endet euer Selbstverteidigungskurs«, sprach Ben, der Kursleiter zu der Gruppe, »Ihr wart sehr ambitioniert und ich hoffe, es ist einiges hängen geblieben. Aber ich hoffe auch, dass ihr es niemals anwenden müsst.«

Neben ihm stand Niko Dovas im schwarzen Trainingsanzug und übernahm das Wort.

»Zum Schluss noch die wichtigste Lektion des Ganzen: Soweit wir konnten, haben wir euch gezeigt, wie ihr euch im Falle eines Angriffs wehren könnt. Aber das hier war Kampfsport, Betonung auf Sport. Wenn es zu einem Ernstfall kommt, sind nur zwei Dinge wichtig. Erstens, überschätzt euch selbst und unterschätzt euren Angreifer niemals. Es wird immer jemanden geben, der stärker oder besser ist ...«

»So wie du, Niko«, warf eines der Mädchen ein. Er nickte ihr zu.

»Genau. Zweitens: Im Notfall geht es um euer Leben. Dann gibt es keine Regeln, alles ist erlaub. Nutzt Gegenstände oder lauft so schnell ihr könnt. Manchmal

1

ist flüchten besser als den Helden spielen zu wollen. Und immer vorsichtig und vorbereitet sein.«

Mit diesen letzten Ratschlägen verabschiedeten sich die zwei Männer von der Gruppe. Niko schüttelte jedem Mädchen die Hand. Als er vor Stefanie stand, eines der Mädchen, die besonders motiviert waren, sah er ein verschmitztes Grinsen in ihrem Gesicht.

»Du hast dich wirklich gut angestellt. Du solltest überlegen, weiter zu machen«, riet ihr Niko.

»Nur, wenn du der Lehrer bist.«

Schon in den Kursen hatte Niko die Vermutung, dass die junge Frau ein bisschen zu viel Interesse an ihm hatte.

»Und nicht vergessen, immer schön vorsichtig ...«

»Und immer bereit sein, ich weiß«, ihr Grinsen wurde breiter.

Niko schüttelte dem nächsten Mädchen die Hand, als er hinter sich eine Bewegung wahrnahm.

Du versuchst mich zu überraschen, süß, dachte er.

Aus dem Augenwinkel erkannte er, wie Stefanie ihn packen wollte. Blitzschnell drehte er sich um, wehrte mühelos den versuchten Angriff ihrer Hand ab und packte sie fest an Handgelenk und Hüfte. Ohne wirkliche Anstrengung schulterte er die Jugendliche und warf sie über seine Schulter. Sie landete auf ihren Beinen, drehte sich zu ihm um und blickte direkt auf seine Hand, die nur wenige Zentimeter vor ihrem Gesicht war. Mit ihrem Handy in der Hand.

»Ich habe euch gesagt, ihr sollt Handy und Geldbörse nicht in der Gesäßtasche einstecken, dort sind sie leicht zu klauen.«

»Das war ... sehr überzeugend«, staunte Stefanie und griff nach ihrem Handy.

2

Gemeinsam mit Ben, der neben dem Job an der Schule sein ehemaliger Bewährungshelfer war, spazierte er zum Parkplatz.

»Ein Trip nach Kreta, mit offenem Rückflug. Du hast ein Leben, Niko«, beneidete ihn der zehn Jahre ältere Mann.

»Ich muss die Zeit nutzen, seit dem Tod von Julias Vater ist sie fast durchgehend in Schottland.«

»Du solltest vielleicht zu ihr ziehen.«

Niko, der den Gedanken selbst schon hatte, schwieg. Das Thema bereitete ihm Unbehagen. Ben erkannte es und wechselte das Thema.

»Wer übernimmt unterdessen ihre Geschäfte und diese ganzen Clangeschichten?«

»Murray, offiziell nur Hausbutler, aber er ist weitaus mehr und hat die Erfahrung. Julia wird diesen Sommer keinen Stress haben und kann sich richtig entspannen.«

»Einfach nur hinunterfliegen. Kreta, Sonne, Strand und Meer. Ein paar Ausflüge, heiße Nächte und dazu Bier und Raki. Was soll da schon schiefgehen?«

Diesen Satz habe ich schon einmal gehört, dachte Niko, *und danach hat sich mein Leben völlig verändert.*

Bei Bens Wagen verabschiedeten sich die Männer.

»Genieß es, Niko. Bleib anständig, okay?«

»Natürlich.«

Als Niko das Schulgebäude verließ, stand Stefanie mit zwei Freundinnen beim Ausgang und erwartete ihn.

»Niko! Hast du vielleicht noch Lust, etwas trinken zu gehen?«, rief sie ihm zu.

»Würde ich gerne, aber ich werde erwartet.«

»Von deiner Frau, Freundin oder sogar Kinder?« Ihre Enttäuschung war deutlich zu hören.

»Verlobte. Meine Tochter kommt erst morgen. Ich wünsche euch Mädchen noch einen schönen Abend.«

Kaum war er um die Ecke gebogen, stand plötzlich eine Frau in seinem Alter vor ihm. Ihre dichten und lockigen roten Haare waren zu einem Zopf zusammengebunden.

»Die Kleine hat wohl ein ganz besonderes Interesse an dir?«, meinte seine Verlobte Julia mit breitem Grinsen.

»Scheint so.«

Mit gespielter Empörung stemmte sie ihre Hände in die Hüften.

»Da fliegt man nach Wien, verschiebt und übergibt alle beruflichen Angelegenheiten, um den ganzen Sommer mit dir zu verbringen und erwischt dich mit einem anderen Mädchen. Du gibst dich gern mit jungen Frauen ab, kann das sein?«

»Ein bisschen zu jung für meinen Geschmack.«

»Nur weil sie zu jung ist?«, fragte Julia schnippisch.

»Ich stehe mehr auf gleichaltrige, rothaarige Frauen, die mich zum Essen ausführen«, antwortete er und gab ihr einen langen Kuss.

»Lass uns den Abend ausgiebig genießen, bevor wir morgen Besuch von unserer Tochter bekommen«, meinte Julia und zog ihn mit in Richtung ihres Wagens, »und dann geht es endlich in den Süden. Ich freue mich schon so auf diese Zeit, ein Sommer mit dir, Honey.«

Niko verdrehte die Augen. Er mochte den Kosenamen überhaupt nicht, fand ihn viel zu lieblich und unpassend für sich. Aber Beschwerden dagegen hatte er längst aufgegeben.

Eine Woche später

Die Anzeigetafel in der Ankunftshalle des Flughafen Heraklion zeigte 35 Grad.

»Und wir haben gerade erst zehn Uhr morgens«, jammerte Denise.

»Sobald unsere Gäste da sind, werden wir an den Strand gehen«, versicherte ihr Freund Aléxandros, »etwas anderes kann man heute sowieso nicht machen.«

Insgesamt standen sie zu fünft in der Ankunftshalle und erwarteten die Passagiere der Maschine aus Wien.

»Da kommen jede Menge Leute raus, hoffentlich übersehen wir ihn nicht.«

»Keine Sorge Thaumas, Niko wird nicht zu übersehen sein. Er wird derjenige sein, der heraussticht. Garantiert kommt er wieder ganz in Schwarz«, war sich Kira sicher. Die 20-jährige stellte sich auf die Zehenspitzen und reckte den Kopf, um über die anderen Leute hinwegsehen zu können. Ihr Freund Manos bot an, sie hochzuheben, was sie aber verweigerte.

»Ich weiß, dass ich klein bin.«

»Kommt er mit seiner Freundin?«, wollte Thaumas wissen.

»Wenn sie mitkommt, sind sie noch leichter zu erkennen. Groß, dichtes rotes Haar, so war die Beschreibung.«

»Du weißt doch, dass Niko immer für Überraschungen gut ist?«, erinnerte Thaumas an Nikos letzten Aufenthalt.

»Überraschungen? Oh ja. Aber dieses Mal wird es ein ausgedehnter Sommerurlaub, mehr nicht!«

»Das würde mich sehr freuen, Kleine«, meldete sich eine Stimme hinter Kira.

Sie schreckte zusammen und wirbelte herum. Neben ihr stand ein Paar, welches sie im ersten Moment nicht erkannte. Die Überraschung dauerte aber nur kurz.

»Niko! Was ist denn mit dir geschehen?«

Niko trug knielange Jeans, ein rotes Hawaii-Hemd mit schwarzen Blumen, dessen oberen Knöpfe offen waren. Seine dunklen Haare waren auf wenige Millimeter gestutzt. Kira erinnerte sich nicht daran, dass Niko einen Bart trug. Nun hatte er einen Drei-Tages-Bart.

»Ich freue mich auch, hier zu sein.«

Kira machte einen Schritt zurück und betrachtete ihn.

»Ich auch ... aber das bist doch nicht du. Kein Schwarz, nicht einmal dein geliebtes Armband oder eine dunkle Sonnenbrille.«

»Ich musste ihn für den Urlaub umstylen«, meinte Julia, die neben Niko stand. Sie war tatsächlich sofort zu erkennen. Ihre roten Haare strahlten in der Sonne.

»Du musst Julia sein. Für dich gilt gleich mal folgende Regel: Eincremen, viel eincremen.«

Kira deutete auf ihre blasse Haut.

»Ansonsten bist du morgen rot wie deine Haare.«

Nachdem Niko jeden begrüßt hatte, machte sich die Gruppe auf den Weg zum bereitstehenden Kleinbus. Im klimatisierten Wagen stellte Niko seiner Freundin alle Anwesenden vor.

»Von Kira hast du schon gehört.«

»Ja, und von deiner beeindruckenden Tätowierung.«

Julia deutete auf Kiras Dekolleté. Da sie nur ein Trägerleibchen trug, war die farbenprächtige Tätowierung auf ihrer Brust deutlich zu sehen. Ein blauer Diamant, der auf einer roten Blüte zu liegen schien. Dornenbesetzte Ranken verliefen zu den Schultern hinauf, auf jeder Seite saß ein Vogel mit ausgebreiteten Flügeln auf den Ranken.

»Ich hoffe, der alte Mann hat mehr von mir erzählt als das hier«, meinte Kira und streckte ihren Oberkörper hinaus.

»Ja, von deiner wilden Frisur und deinem losen Mundwerk«, gab Niko als Antwort. Kiras Haare waren weißblond, mit vielen knallroten Strähnen, die herausleuchteten.

»Und du bist Manos, ihr Freund?«, wandte sich Julia an den vollbärtigen Fahrer neben Kira.

»Du hast zugelegt«, stellte Niko fest.

»Ich arbeite auch nicht in einem Fitnessstudio, so wie Du. Wenn man den ganzen Tag vor dem Computer sitzt, leidet die Figur.«

Auch von Denise, der Tochter seines besten Freundes, und ihrem Verlobten Aléxandros hatte Julia schon gehört. Niko hatte ihr sein Abenteuer, bei dem er die ganze Gruppe kennengelernt hatte, bereits ausführlich geschildert. Der Jüngste im Wagen war Thaumas. Nahezu schüchtern begrüßte er Julia. Er konnte nicht verstecken, dass sie ihn faszinierte, immer wieder wanderte sein Blick von ihrem Gesicht zu ihrer üppigen Oberweite.

»Was ist mit deiner ... eurer Tochter?«, wollte Kira wissen.

»Sie kommt morgen oder übermorgen mit dem Privatjet. Sie ist gerade mit ihrer Freundin unterwegs, die nicht mitfliegen konnte«, erklärte Julia und wischte sich über ihr Gesicht. Die Hitze auf Kreta war sie als Schottin nicht gewohnt.

Die Fahrt bis nach Bali, dem kleinen Ort an der Nordküste Kretas, nutzte Julia, um einen ersten Eindruck von der Insel zu bekommen.

Das Meer glänzte unter der Sonne am wolkenlosen Himmel, die schroffen Küsten waren großteils karg, vereinzelt standen Bäume auf den Feldern. Die Strände dazwischen wirkten gut besucht.

»Das Meer wirkt völlig anders als daheim. Sandstrände gibt es zwar auch in Schottland, aber ...«

»Aber hier sind es Badestrände. Das Wasser hat sicher angenehmere Temperaturen«, meinte Kira.

»Was ist mit deinem Bruder?«, wandte sie sich an Niko, »Wird er vorbeikommen, oder müssen wir wieder über eine Klippe fahren und zu ihm schwimmen?«

Niko hatte inzwischen seine Sonnenbrille aus seinem Rucksack gekramt und lehnte sich entspannt zurück.

»Er ist im Moment in Athen, wird aber nächste Woche zurückkommen.« Auch er freute sich, seinen Bruder Stefanos wiederzusehen, der seit Jahren in einem Kloster an der Südküste der Insel lebte.

Sie fuhren die Küstenstraße entlang, vorbei an Ortschaften, in denen sich Hotelanlagen aneinanderreihten, meist direkt am Sandstrand. Dazwischen befanden sich Dörfer mit nur einigen weißen Häusern, die noch nicht vom Tourismus überrannt schienen. Während auf einer Seite das schier endlose türkisblaue Meer bis zum Horizont reichte, konnte Julia auf der anderen Seite die Hügellandschaft sehen, die weit ins Landesinnere reichte. Die Vegetation war noch nicht völlig ausgetrocknet, zwischendurch leuchteten immer wieder saftige Bäume und Sträucher zwischen den steinigen Feldern heraus.

»Der Frühling war dieses Jahr recht feucht, ansonsten wäre schon alles ausgedörrt. Es wird jedes Jahr früher Sommer und die Temperaturen steigen«, klärte Kira sie auf.

Sie versprach Julia und Niko, dass sie die kommenden Tage mit vielen Ausflügen rechnen durften, um noch mehr von Kreta zu sehen. Dabei versicherte sie ihnen weniger Kulturausflüge, sondern vor allem landschaftliche Highlights der Insel.

»Und dann könnt ihr bei einem Schiffsausflug dabei sein, der hoffentlich Geschichte schreiben wird.«

Niko hatte bislang nur Andeutungen erfahren, eine genaue Erklärung versprach Kira in Bali.

»Und zwar im ›Porto Paradiso‹ bei mindestens einem kalten Mythos.«

»Auf diese Strandbar bin ich schon sehr gespannt, nach allem was ich schon davon gehört habe.« Julia konnte ihre freudige Aufregung nicht verstecken. Es war der erste gemeinsame Urlaub mit Niko und nach Langem endlich eine Möglichkeit, viel Zeit miteinander zu verbringen.

Endlich ein gemeinsamer Urlaub. Wenn da nur nicht diese Kleinigkeit wäre, kam Niko sein letztes Treffen mit seinem Freund Martin in den Sinn.

Zwei Tage vor seinem Abflug:

Das Anwaltsbüro von Martin Leitner lag im ersten Wiener Gemeindebezirk, direkt an der Ringstraße. Dementsprechend nobel war die Ausstattung der Räume. Als Niko den Vorraum betrat, blickte die Sekretärin kurz auf und nickte ihm zu.

»Er hat noch einen Klienten bei sich. Nehmen Sie einfach Platz.«

Martin war es, der vor Jahren dafür gesorgt hatte, dass Niko nach einem missglückten Einbruch vorzeitig aus der Haft entlassen wurde und sein Leben wieder in den Griff bekam. Dabei freundeten sich die beiden Männer an. Niko hatte ihm viel zu verdanken, weshalb er ihm gerne half, ob bei diversen Aufträgen für seine Kanzlei oder auch persönlichen Angelegenheiten. Er war es auch, der damals Denise nach Kreta gefolgt war, um sicherzugehen, dass es ihr mit ihrem Freund gut geht. Bei diesem Abenteuer hatte er auch Kira und ihre Freunde kennengelernt.

Kaum hatte er es sich auf einem dunklen Ledersofa im Warteraum bequem gemacht, öffnete sich die Tür zu Martins Arbeitszimmer. Ein bekannter Politiker kam heraus und erschrak, als er Niko erblickte.

»Keine Sorge, das ist ein Mitarbeiter von mir. Schönen Abend, ich melde mich im Laufe der Woche bei ihnen«, beruhigte Martin den Mann und begleitete ihn hinaus.

Mit einer Flasche Whisky kam Martin zurück und bat Niko zu sich ins Zimmer.

»Du wirst in den nächsten Tagen viel von einem hochanständigen Politiker lesen, der natürlich niemals etwas mit Veruntreuung zu tun hatte«, meinte Martin sarkastisch und füllte zwei Gläser.

»In zwei Tagen ist mir das alles egal, da zählt nur noch eins.«

»Ich weiß. Endlich der ersehnte, lange Urlaub mit deiner Julia. Eine wirklich sehr sympathische Frau. Schade, dass ich sie damals nur so kurz getroffen habe.«

Die beiden Männer sprachen über Nikos weitere Pläne, die vorsahen, Julia zu fragen, ob sie sich ein gemeinsames Leben vorstellen konnte. Niko war es leid, immer wochenlang alleine zu sein und seine große Liebe nur sporadisch zu sehen, vor allem da sie im Grunde schon verlobt waren.

»Und dir ist es egal, ob Wien oder Schottland?«, wollte Martin wissen.

»Ja. Mich hält hier nicht viel, abgesehen von dir.«

»Meinen Segen hast du. Bei aller Freundschaft, ich bin der Letzte, der deinem Glück im Weg stehen möchte.«

»Ich werde die nächsten Wochen genug Zeit haben, mit Julia darüber zu reden«, gab sich Niko zuversichtlich. In Wahrheit war er sich bei dem Thema äußerst unsicher. Auch wenn sie sich beide ihre Liebe schworen, würde dieser Schritt große Veränderungen mit sich bringen.

»Du hast vor, den ganzen Sommer auf Kreta zu verbringen?«

Niko nickte.

»Kira hat angedeutet, dass sie einen besonderen Ausflug vorhat. Könnte interessant werden, irgendetwas mit einem Schiff und rund um die Insel oder so ähnlich. Details will sie uns erst vor Ort verraten.«

»Das klingt doch nach einem richtig erholsamen Urlaub, ein kleiner Ausflug inklusive. Was soll da schon schiefgehen?«

Der Satz ließ Niko zusammenzucken.

Die letzten Male haben damit Abenteuer begonnen, die alles andere als ein Urlaub waren, erinnerte er sich an die vermeintlich kleinen Aufträge, die er von Martin erhalten hatte und ihn schlussendlich in prekäre Situationen gebracht hatten.

Niko stand auf und reichte Martin die Hand.

»Es wird ein erholsamer Urlaub. Genau das richtige, um mit Julia über eine gemeinsame Zukunft zu reden.«

»Ich wünsche dir alles Gute und euch beiden nur das Beste.«

Ich habe gerade ein ganz mieses Gefühl, dachte Niko, als er Martins Gesichtsausdruck sah.

Er wandte sich um und ging zur Tür, doch gerade, als er nach dem Knauf greifen wollte, stand Martin auf.

»Niko, einen Moment noch.«

»Ja, bitte.«

»Ich hätte da noch eine Kleinigkeit.«

Jeder Muskel in Nikos Körper schien zu verkrampfen.

Nein, bitte nicht.

Langsam drehte er sich um.

»Wie bitte?«

»Ich hätte da ein Anliegen, welches rein zufällig zu deinem Urlaub passen würde ...«

»Ernsthaft?«, fragte Niko ungläubig.

»Wirklich nur eine Kleinigkeit«, versicherte ihm Martin.

Und so beginnt es ... erneut, dachte Niko und verdrehte die Augen.

Niko erkannte sofort den Berg, der von Bali aus deutlich zu sehen war und bei seinem letzten Besuch das Ziel einer abenteuerlichen Suche war. Bali selbst lag direkt am Meer, von der Küstenstraße konnte man drei unterschiedlich große Strandabschnitte ausmachen. Der erste und größte Strand, neben dem sich ein Campingplatz befand, der Strandabschnitt, an dem die Strandbar ›Porto Paradiso‹ auf sie wartete und der Strand beim Hafen des Ortes. Ein weiterer Strand, der sich hinter den Felsen versteckte, war von der Straße aus nicht zu erkennen.

Julia und Niko hatten ein Zimmer in einem Aparthotel, welches nur wenige Meter von Kiras Elternhaus entfernt war. Die Koffer waren schnell ausgepackt, da Julia darauf drängte, umgehend etwas Kaltes zu Trinken zu bekommen.

»Dann zieh dich um. Wir werden gleich zum Strand gehen und damit auch zur Strandbar«, sagte Niko und warf ihr einen Badeanzug zu.

Die Strandbar ›Porto Paradiso‹ war durch eine Straße vom Strand getrennt und nahm einen Großteil des Strandabschnitts ein. Auf dem runden Tresen, in dem die Getränke zubereitet wurden, standen diverse Souvenirs aus karibischen Ländern. Lautsprecherboxen an dem Mittelposten spielten Reggea-Musik in angenehm leiser Lautstärke.

Neben der Bar gehörte auch ein Restaurant zum ›Porto Paradiso‹. Dieses war jetzt zu Mittag gut besucht, wahrscheinlich auch, weil viele der prallen Sonne entkommen wollten. Der Geruch von Pizza und gebratenem Fleisch lag in der Luft.

Kaum hatte die Gruppe rund um Kira an einem der Tische an der Brüstung Platz genommen, erschien Giannis, der Besitzer der Bar.

»Niko, schön dich wiederzusehen.«

Nachdem er auch Julia begrüßte, fragte er Niko aus, wie seine Pläne für den Aufenthalt aussahen.

»Keine verrückten Abenteuer, keine versteckten Schätze, kein Mythos, den es ...?«

»Dieses Mal gibt es nur eine Art von Mythos, die mich interessiert«, unterbrach ihn Niko, »nämlich in flüssiger Form.«

Mit einem breiten Grinsen nickte Giannis und brachte für jeden ein großes Glas der auf Kreta bekannten Biermarke.

Julia sorgte für erstaunte Gesichter, als sie ihr Glas in einem Zug zur Hälfte leerte.

»Ich muss mich erst an die Hitze gewöhnen«, argumentierte sie.

Angesprochen auf ihre Andeutungen, zog Kira ein Prospekt hervor und legte es vor Julia und Niko auf den Tisch.

»Habt ihr von 4ocean gehört?«

Niko schüttelte den Kopf und nahm das Prospekt in die Hand. Auf dem Titelbild war ein Schiff zu sehen, auf dem mehrere Personen damit beschäftigt waren, mit Keschern diverse Gegenstände aus dem Wasser zu fischen. ›Together, we can end the ocean plastic crisis‹ stand unter dem Bild.

»Aye, ich habe davon gehört«, fiel Julia ein, »Eine amerikanische Firma, die es sich zur Aufgabe gemacht hat, die Verschmutzung der Meere aufzuhalten.«

»Genau«, stimmte Kira ihr zu, »Weltweit landen tagtäglich unzählige Tonnen Plastik im Meer.

Inzwischen ist man wenigstens soweit, zuzugeben, dass damit der Lebensraum von Fischen und anderen Wassertieren in höchster Gefahr ist. Ich habe Bilder aus Asien gesehen, wo das Plastik wie ein dicker, begehbarer Teppich auf dem Wasser schwimmt. Und wir reden von Größenordnungen, die unvorstellbar sind. Es gibt Gebiete, da schwimmt so viel Plastik auf dem Wasser, dass mir beim Anblick der Bilder schlecht wurde. Im Pazifik treibt eine Müllinsel, der ›Great Pacific Garbage Patch‹. Inzwischen schätzt man diese sogenannte Insel auf rund 1,6 Millionen Quadratkilometer. Das ist mehr als zehnmal die Fläche von Griechenland! Nicht Kreta, sondern ganz Griechenland, stellt euch das vor!

Die Idee wurde zuerst in Bali, Indonesien umgesetzt. Inzwischen gibt es Stützpunkte in Indonesien, Florida und Haiti.

Gesponsert wird das ganze Projekt unter anderem durch den Verkauf von Armbändern wie diesem hier.«

Kira legte ihren Arm auf den Tisch und zeigte ihnen ihre drei filigranen Armbänder in unterschiedlichen Farben. Auf einem dünnen, farbigen Plastikband waren durchsichtige Glasperlen aufgereiht. Das Logo der Company war ebenfalls als kleines Metallstück am Armband befestigt.

»Jede Farbe steht für eine gefährdete Tierart, deren Lebensraum in Gefahr ist. Das blaurote Band soll an die Seepferdchen, das weiße auf den Rückgang der Eisbärenpopulation hinweisen. Und dieses blaue Armband ist sozusagen das Signature-Armband der Organisation.

Hergestellt aus recyceltem Glas und Plastik. Jedes Armband steht für ein halbes Kilo Plastikmüll, dass aus dem Meer gefischt und zur Wiederverwertung weitergeleitet wurde. Außerdem gibt es noch T-Shirts aus recyceltem Material, wiederverwendbare Getränkebecher, ein Strohhalm aus Metall anstatt Plastik.«

»Die Idee ist sehr lobenswert, aber Amerika und Asien sind weit weg«, warf Niko ein.

»Das Problem geht uns alle an. Umweltschutz ist ein globales ...«

»Das meine ich nicht, Kleine. Worauf willst du hinaus?«

Nach einem weiteren Schluck Bier erzählte Kira weiter.

»Nachdem ich mir ein Armband bestellt habe ...«

»Ein Armband für dich und das halbe Dorf«, mischte sich Manos ein, der ebenfalls ein Armband trug, in den Farben Schwarz und Gelb.

»Ja, es blieb nicht bei einem. Ich habe mich auch mit anderen Fans weltweit unterhalten. Dabei kam oft zur Sprache, wie es auf Kreta aussieht. Plastikmüll findet man quer über die Insel verteilt. Auf Parkplätzen, am Straßenrand oder inmitten von Olivenhainen. Und in den Hafengebieten von Chania und Rethymno schwimmt der Müll im Wasser. Ich habe mehrere Vorschläge eingeschickt und eines Tages ...«

Manos fiel ihr ins Wort und erzählte weiter.

»Eines Tages hat ihr Handy geläutet und die sonst so freche Kira wurde plötzlich kleinlaut und nervös. Der Anruf kam direkt von einem der Gründer von 4ocean. Ihr Engagement hat ihn beeindruckt und zu einer Idee inspiriert.«

»Und diese Idee wird in einer Woche Wirklichkeit«, freute sich Kira.

»Werden wir irgendwann erfahren, wie diese Idee aussieht?«, fragte Niko ungeduldig.

»Eine Rundfahrt um die Insel, mit einem Schiff von 4ocean. Unterwegs wird fleißig der Müll aus dem Meer gefischt und gesammelt. In den Häfen von Rethymno, Heraklion, Sitia, Ierapetra, Agia Galini, Chora Sfakion und Paleochora wird das Schiff anlegen. Der Müll wird entladen und zur Wiederverwertung hergerichtet, außerdem gibt es vor Ort Informationsstände zur Müllvermeidung und zu dem Projekt. Das Schiff liegt bereits in Chania vor Anker. Ich werde mit an Bord gehen, vielleicht kommen noch andere mit. Ihr beide seid natürlich herzlich eingeladen, ein paar Tage mitzufahren.«

»Du schwärmst ja richtig davon. Dieses Thema bedeutet dir scheinbar sehr viel«, meinte Julia anerkennend.

»Ja. Ich komme viel auf Kreta herum und habe mir schon oft gedacht, dass viel zu viel Müll herumliegt. Unmengen an Plastikfolien und Flaschen, einfach so weggeworfen und im Meer schwimmt auch genug.«

»Deine Begeisterung ist lobenswert«, stellte Niko fest, »Aber es braucht mehr als nur eine Rundfahrt, um große Veränderungen zu bewirken. Jeder Souvenirshop, Supermarkt, jedes kleine Geschäft verwendet Plastik- tüten.«

Er deutete auf die Bar, hinter der eine junge Frau in Kiras Alter gerade zwei Cocktails auf ihr Tablett stellte. »Mindestens jedes zweite Getränk, ausgenommen Bier, wird mit einem Strohhalm serviert.«

»Gutes Beispiel«, stimmte Kira ihm zu, »Vor allem, weil ich Giannis und sein Team schon bearbeitet habe. Sie trennen inzwischen das Plastik, welches einmal die Woche von einer Firma abgeholt wird. Du hast schon Recht, es sind nur kleine Taten, aber irgendwer muss damit anfangen. Diese Schifffahrt soll darauf aufmerksam machen und die Leute aufrütteln.«

»Ich habe schon verstanden und ich finde deinen Einsatz sehr bemerkenswert«, meinte Julia, »Meine Firma verhandelt gerade in Schottland bezüglich Gezeiten- kraftwerke. Eine umweltfreundliche Art, bei der Turbinen vor der Küste die Strömung der Meeresgezeiten zur Energiegewinnung nutzen. Wenn du Hilfe benötigst, wir sind voraussichtlich den ganzen Sommer hier.«

Julia beendete die Gesprächsrunde, um der Hitze zu entkommen und sich im Meer abzukühlen. Bis zum frühen Abend blieb sie beinahe durchgehend im Wasser, Niko leistete ihr zwischendurch Gesellschaft, verbrachte aber lieber die Zeit auf der Sonnenliege. Dabei konnte er zusehen, wie unbeschwert seine Freundin das Wasser genoss. Sie schien alle Probleme und den Stress der letzten Wochen mit einem Schlag abgeschüttelt zu haben. Außerdem bewunderte er dabei ihren Körper und schmolz bei jedem Lächeln von ihr dahin. Jedenfalls innerlich, nach außen ließ er sich seine Gefühle nur selten anmerken.

Es wurde ein langer Abend an der Bar. Bei einer Souvlaki-Platte, Cocktails und Bier musste Niko ausführlich berichten, wie er in Schottland die Wahrheit über seine Tochter erfuhr und Julia nach vielen Jahren wieder gefunden hatte.

Obwohl das Paar selbst einige Pläne für den Sommer auf Kreta hatte, bestand Kira darauf, sie am folgenden Tag in der Früh abzuholen.

»Du hast den Wagen, Manos und ich werden die Reiseleitung übernehmen«, bestimmte sie.

Widerspruch war sinnlos, so gut kannte Niko die junge Frau bereits.

 Julia und Niko hatten ihr Frühstück auf dem Balkon noch nicht beendet, da tauchte bereits Kira mit ihrem Freund Manos auf und drängte darauf, loszufahren.

Ihr erster Ausflug führte das Urlaubspaar nach Rethymno. Obwohl es erst kurz nach neun Uhr morgens war, brannte die Sonne bereits unbarmherzig auf sie herab. Im klimatisierten Mietwagen fuhren sie die Küstenstraße entlang. Rechts konnten sie das Meer sehen, während auf der anderen Seite trockene Felder, Sträucher und blätterlose Bäume an ihnen vorbeizogen. Im Hinterland der Insel erhoben sich Hügel, auf denen die Bäume grüner wirkten.

»Es wird jeden Sommer wärmer«, erklärte Kira, »Aber wenn im Herbst der Regen kommt, verändert sich das Bild der Insel. Wenn ihr im Frühling nach Kreta kommt, gibt es saftig grüne Wälder, die Olivenbäume und die Landwirtschaft blühen auf. Ein gutes Beispiel ist die bekannte Samaria-Schlucht. Man beginnt die Wanderung in einem dichten Wald, danach geht es unter der prallen Sonne durch die teilweise enge Schlucht. Vom späten Herbst bis ins Frühjahr fließt ein Fluss durch die Schlucht, der eine Wanderung im unteren Bereich teilweise unmöglich macht. Durch die Klimaveränderung wird dieser Fluss immer wasserärmer.«

»Du willst zu viel«, sagte Niko trocken, »Müllvermeidung, das Meer säubern, den Klimawandel stoppen. Es fehlt nur noch der Weltfrieden.«

»Ich fange klein an«, konterte sie und deutete auf die Fortezza von Rethymno, »Wir sind gleich da.«

Die Festungsruine befand sich auf einem Hügel mitten in der Stadt. So stach sie aus den niedrigen Häusern rings herum heraus. Die Abfahrt der Küstenstraße führte sie bergab, vorbei an Autowerkstätten und großen Geschäften.

»Außerhalb der touristischen Innenstadt und der Promenade ist es eine Stadt wie jede andere auch.«

Kira erzählte noch mehr über die Stadt, während Julia ihr aufmerksam lauschte und die Aussicht aufsaugte.

Vom Hafenparkplatz aus gelangten sie nach wenigen Schritten zur Promenade der Stadt.

Julia, für die es die erste Reise in den Süden war, hatte trotz luftigem Shirt und kurzer Leinenshorts mit der Hitze zu kämpfen. Ihre langen Haare hatte sie zu einem Zopf zusammengebunden, trotzdem rannte ihr der Schweiß über das Gesicht. Ihre Überlegung vor Reiseantritt, sich die Haare kurz schneiden zu lassen, hatte Niko ihr ausreden können, dazu gefielen ihm ihre rotbraunen langen Haare viel zu gut.

Dennoch versuchte sie, den Spaziergang vorbei an den Lokalen entspannt und neugierig zu genießen. Noch saßen wenige Gäste auf den Holzstühlen. Aber in wenigen Stunden würde es vor Touristen nur so wimmeln. Bis dahin wurden die Lokale mit frischem Fisch versorgt, der in den Morgenstunden geangelt wurde. Das Meer zu ihrer Linken war ruhig, nur kleine Wellen erreichten den gut besuchten Sandstrand. Als Kira sie in eine Seitengasse lotste und die Gruppe in einer der Einkaufsstraßen landete, atmete Julia erleichtert auf.

»Hier ist es angenehmer für dich, oder?«, fragte Kira.

»Oh ja. Die Stadt wirkt wirklich schön, der Strand, die alten Häuser und auch die Stimmung. Weitaus freundlicher und lockerer als im kühlen Norden. Aber ich bin solche Temperaturen einfach nicht gewohnt.«

Ein sanfter Wind blies durch die enge Einkaufsstraße, die Häuser zu beiden Seiten sorgten für Schatten in der Gasse.

Der erste Laden, der Nikos Aufmerksamkeit weckte, bot eine große Sammlung an Messern in der Auslage an. Julia hingegen interessierte sich mehr für die ausgestellten Kosmetikartikel. Sie roch an den unterschiedlichen Seifen und Badezusätzen, wobei ihr Kira versicherte, dass die Produkte auf der Insel produziert wurden.

Eine Viertelstunde später verließ Julia mit einer vollen Tasche das Geschäft. Während Niko sich gegen ein neues Messer entschieden hatte, hatte sie ausgiebig eingekauft. Dabei hatte sie auf Kira gehört und sich anstatt einer Plastiktüte eine Jutetasche zugelegt.

»Du weißt schon, dass wir noch länger hier sind«, gab Niko zu bedenken.

»Aye, aber bei diesen Temperaturen werde ich den Großteil am Strand und im Wasser verbringen.«

»Dabei gibt es noch so viel zu sehen auf Kreta«, warf Kira ein, »Außerdem steht euch beiden noch ein besonderer Abend bevor.«

Julia war sichtlich erleichtert, als sie an der Promenade unter dem schattenspendenden Leinendach einer Bar Platz nahmen. Noch bevor sie ihre Bestellung aufgeben konnten, wurde ihnen eine Flasche kaltes Wasser gebracht.

»Dein erster Eindruck?«, fragte Manos in Julias Richtung.

»Heiß. Aber auch sehr interessant. Komplett anders, als ich es vom Norden gewohnt bin.«

Ihre weitere Besichtigung führte zu einem Laden für Weihnachtsdekorationen, der das ganze Jahr über geöffnet hatte. Vor einem Shop, der in einem Gebäude untergebracht war, welches einem alten griechischen Tempel ähnelte, blieb Julia stehen.

»Dieser Diskus! Der sieht ganz genauso ...«

»Ja«, sagte Niko grinsend, »Wir stehen vor einem offiziellen Museumsshop. Neben dem Diskus von Phaistos findest du dort antike Münzen, Kopien von Tonvasen und sogar Nachbildungen diverser Statuen.«

Nachdem sie den Nachmittag zurück in Bali und vorwiegend im kühlenden Meer verbrachten, schickte Kira das Paar auf ihr Zimmer. Sie verriet nur, dass sie sich in zwei Stunden vor der Strandbar einzufinden hatten.

Dort warteten Denise und Aléxandros auf Julia und Niko. Ohne einen Hinweis, wohin die Reise ging, fuhren sie mit ihnen durch den Ort, an Souvenirläden und kleinen Hotelanlagen vorbei, ließen den touristischen Teil der Ortschaft hinter sich und bogen bei einem Ziegelbau auf einen lehmigen Feldweg ab. Neben einer eingezäunten Wiese, auf der ein Dutzend Ziegen grasten, hielt Aléxandros an.
»Von hier geht es zu Fuß weiter.« Mehr verriet er ihnen nicht.
Der holprige Weg führte steil bergab. Die knöchrigen Bäume neben dem Pfad wirkten gespenstisch im Abendrot, passenderweise sorgte der Wind für ein leises Knarren der trockenen Äste. Kurz darauf endete der Weg in einer kleinen, unberührt wirkenden Bucht. Der Kiesstrand war nicht viel breiter als fünfzehn Meter, die Felsen an beiden Enden sorgten dafür, dass die Stelle windgeschützt und von der Ortschaft aus nicht zu sehen war.
Kira und Manos waren bereits am Strand und hatten ein Lagerfeuer entfacht. Mehrere Decken waren auf dem feinen Kies ausgebreitet, auf einem filigranen Tisch standen einige Flaschen und Snacks.
»Herzlich willkommen zu unserem Strandpicknick. Es ist für alles gesorgt, Getränke, Verpflegung, romantische Abendstimmung und ...«, Kira deutete auf Thaumas, der mit einer Gitarre in der Hand aus einer dunklen Nische erschien, »sogar Musikuntermalung.«

Julia blickte zu Niko.

»Das war sicherlich nicht deine Idee.«

»Nein, viel zu kitschig.«

»Da musst du durch, alter Mann!«, rief Kira ihnen zu.

Eng aneinandergeschmiegt saßen Julia und Niko an einen Felsen gelehnt. Das Meeresrauschen war sanft und gleichmäßig, der Sternenhimmel und der Halbmond über ihnen erzeugten eine kitschige, romantische Stimmung, der sich auch Niko nicht lange entziehen konnte. Thaumas lieferte mit Gitarrenversionen bekannter Lieder die Soundkulisse und hatte dabei anscheinend einige Informationen über den Musikgeschmack der beiden bekommen. Anders konnte es sich Niko nicht erklären, dass sie viele Lieder von Bon Jovi und Guns n'Roses zu hören bekamen. Aber auch typische Lagerfeuerlieder wurden ihnen dargeboten.

Unweit von ihnen teilten sich Kira und Manos eine Decke und blickten verträumt in den Nachthimmel. Nur Denise und Aléxandros verfielen nicht der Stimmung. Sie saßen neben dem Lagerfeuer, tranken gemeinsam eine Flasche Wein und flüsterten. Niko hatte nur einige Wortfetzen aufgefangen, demnach sprachen die beiden über den Hausbau und die Zimmerplanung.

So beginnt es, dachte er beim Blick auf Kira und Manos, *und so sieht es dann aus, wenn die Realität in die Beziehung kommt. Von dieser Realität sind Julia und ich noch weit entfernt.*

Während sich Julia an ihn schmiegte, drifteten seine Gedanken beim Anblick von Denise und Aléxandros ab, zu seinem Gespräch mit Martin, welches kurz vor seinem Abflug stattfand.

Zwei Tage vor seinem Abflug

»Du weißt genau, was das letzte Mal geschah, als es sich um eine Kleinigkeit handelte?«

»Ja Niko. Du hast Julia getroffen, deine verschollene Jugendliebe«, konterte Martin.

»Und davor?«

»Davor hast du deinen Bruder wiedergefunden, auf Kreta.«

»Abgesehen davon meinte ich ‚Kleinigkeiten‘, wie einen Klippensprung mit einem Auto, einen Fallschirmsprung - ohne Fallschirm - und ein paar anderen ...«

»Dieses Mal ist es anders ... persönlicher«, meinte Martin und hatte Nikos Aufmerksamkeit.

»Was ist mit Denise?«, fragte er. Es musste sich um Martins Tochter handeln, die mit ihrem Freund auf der Insel lebte.

»Es geht um Aléxandros«, bestätigte Martin seine Vermutung.

»Spuck's aus, was ist los?«

Martin holte tief Luft und zog einen Ordner aus einer Schreibtischlade hervor.

»Ich war mit der Verteidigung eines mutmaßlichen Drogenkuriers betraut. Er hat angegeben, dass seine Lieferung aus Kreta kam. Es kam zu einem Deal mit der Staatsanwaltschaft, kurz gesagt, der darauffolgende Polizeieinsatz war ein Erfolg. Vielleicht hast du davon gelesen, es ist ungefähr zwei Wochen her. Ein komplettes Lager wurde ausgehoben, Drogen im Gegenwert von mindestens drei Millionen Euro beschlagnahmt.«

Er griff erneut in eine Schublade, holte eine Statue heraus und stellte sie zwischen ihnen auf den Tisch.

Niko genügte ein Blick, um sie zu erkennen.

»Poseidon, der griechische Gott des Meeres.«

Die fünfzehn Zentimeter hohe, goldfarbene Figur zeigte einen vollbärtigen Mann mit Umhang und einem Delphin an seiner Seite. In der erhobenen Hand hielt er einen Dreizack an einem dünnen Stab. Auf dem quadratischen Podest war der Name eingraviert. Niko nahm die Figur in die Hand und betrachtete sie genauer.

»Gips oder ein ähnliches Material, dem Gewicht nach zu urteilen. Der Stab des Dreizacks ist aus einem dickeren Draht. Ein typisches Souvenir, wie man es zu Hunderten in Griechenland finden wird«, stellte er nüchtern fest.

»Korrekt. Diese Statue ist aus Gips, aber ein Großteil der gefundenen Statuen im Lager bestand aus komprimiertem Kokain. Eine Statue, ein Kilo Koks. Als Souvenirs deklariert werden sie quer durch Europa verschickt.«

»Warum soll das mit Denise' Freund zu tun haben?«

»Es sind nur Vermutungen, aber einige Andeutungen von Denise haben mich aufhören lassen.«

»Andeutungen?«

»Alex muss zurzeit viel arbeiten, dennoch wurde das Geld für den Hausbau knapp. Dann plötzlich ist er gekommen, hat alle Schulden und die Handwerker im Voraus bezahlt. Meiner Tochter gegenüber hat er keine Erklärung geben können, er wollte es ihr einfach nicht sagen. Es gab deswegen schon einige Diskussionen und auch heftige Streitereien.

Vielleicht war es doch keine so gute Idee, sie in ein anderes Land ziehen zu lassen. Ich möchte nur sichergehen, dass meine Tochter nicht in etwas Illegales hineingerutscht ist.«

Niko erinnerte sich an seinen letzten Besuch auf Kreta, bei dem er eigentlich Martins Tochter mitnehmen sollte. Damals war er es, der Martin indirekt empfohlen hatte, das verliebte Paar nicht zu trennen.

»Ich werde es herausfinden. Soll ich mit Aléxandros reden oder die Wahrheit aus ihm herausprügeln?«

Martin schmunzelte.

»Das Problem ist, dir ist beides zuzutrauen.«

Nikos Schweigen war Antwort genug.

»Es ist nur ein Gefühl, vielleicht nur die Angst eines nervösen Vaters, der zu viel mit potentiellen Verbrechern zu tun hat. Aber mir wäre wohler ...«

»Ich verstehe. Ich werde es herausfinden, versprochen.«

Während Niko das Haus verließ und in Richtung Straßenbahn spazierte, waren seine Gedanken noch bei seinem Gespräch mit Martin.

Was soll schon passieren? Sichergehen, dass die beiden Turteltauben keinen Blödsinn machen. Das kann nicht so tragisch sein ... hoffentlich.

»Wunderschön. Einer der Momente, die man nie vergisst«, flüsterte Julia und holte ihn zurück in die Gegenwart.

»Und es ist erst der Anfang unseres gemeinsamen ...«

»Gemeinsamen Lebens vielleicht?«, fiel sie Niko ins Wort und erinnerte ihn daran, dass er sich vorgenommen hatte, auf Kreta mit ihr über ihre weitere Zukunft zu sprechen.

Aber nicht heute, sicherlich nicht in dieser, kitschigen, aber unvergesslichen Nacht.

Anstatt zu antworten, küsste er sie, während hinter ihnen Thaumas leise den Refrain zu Bon Jovis »Bed of Roses« sang und auf der Gitarre spielte.

Es war bereits nach Mitternacht, als die Gruppe aufbrach. Die Getränke waren geleert, Thaumas war müde vom Gitarrespielen und jeder wollte ins Bett. Kira wies alle an, jegliche Spuren zu beseitigen und keinen Müll liegen zu lassen. Auch das Lagerfeuer wurde fachmännisch beseitigt.

»Morgen haben wir einen Ausflug vor. Das wird euch gefallen«, erwähnte Kira, als sie neben Julia und Niko stand. Sie wollte wieder einmal nichts verraten, versprach ihnen aber einen ruhigen Tag an einem der schönsten Plätze der Insel.

Julia und Niko waren schon startklar, als es an der Zimmertür klopfte. Mit gepackter Badetasche folgten sie Kira zu einem Minivan vor ihrem Apartment.

Beim Einsteigen musterte Niko kurz den Fahrer. Der Mann in seinem Alter war trotz der Temperaturen in schwarzer Hose und schwarzem Shirt gekleidet. Sogar sein kurzgeschorener Bart war tiefschwarz. Ein großflächiges Tattoo zierte seinen rechten Arm, das von der Schulter bis zu einem Paracord-Armband am Handgelenk reichte. Zwischen den verschiedenen Mustern konnte Niko zwei Namen herauslesen: Despina und Maria

Mit dunklen Augen musterte er Niko ebenfalls, wobei sich beide scheinbar dasselbe dachten.

Mächtiger Körperbau, garantiert niemand, mit dem man sich anlegen möchte. Und, wir haben uns schon einmal getroffen.

Das Paracord-Armband erinnerte Niko, woher er ihn kannte.

»Wir kennen uns«, sagte er und deutete auf das Armband.

»Ja. Ich heiße Tákis und werde euch fahren«, begrüßte er sie knapp auf Deutsch.

Die Fahrtzeit von über einer Stunde verbrachte Kira damit, von dem bevorstehenden Auslaufen des Schiffs in Chania zu erzählen. In zwei Tagen sollte es endlich soweit sein, alles war vorbereitet. Julia und Niko waren eingeladen, die erste Strecke mitzureisen.

»Neben der eigentlichen Aufgabe des Müllsammelns könnt ihr so die Küsten Kretas bewundern. Wir umrunden die Halbinsel bei Chania, einige kleine Buchten, die über den Landweg nahezu unerreichbar sind. Schroffe Felsen und auf der anderen Seite das offene Meer. Die Temperaturen passen auch, ihr könnt vom Schiff aus ins Wasser springen oder einfach in der Sonne baden.«

Niko lauschte ihren Erzählungen, sein Blick galt der Umgebung, an der sie vorbeifuhren. Die einspurige Asphaltstraße führte durch karge Felslandschaften, die wenigen Bäume und Sträucher waren mehr braun als grün. Die Straße schlängelte sich immer weiter hinauf, die Aussicht reichte weit ins Landesinnere und hinaus auf das Meer.

Nach einer der vielen Serpentinen bremste Tákis abrupt ab. Eine Ziegenherde blockierte die Straße. Weit über fünfzig Ziegen in Schwarz und weiß liefen auf sie zu und an beiden Seiten am Fahrzeug vorbei. Sie ließen sich nicht von dem Fahrzeug stören, marschierten ohne Furcht und Eile an ihnen vorbei.

»Fast wie zu Hause«, sagte Julia schmunzelnd und lehnte sich an Nikos Schulter, »Wobei daheim das Wetter weitaus kühler, die Landschaft grüner und die Tiere Schafe sind. Trotzdem, was ich bislang gesehen hab, gefällt mir sehr gut.«

»Es wird noch besser, glaub mir«, versicherte Kira ihr.

Nachdem sie ihre Fahrt fortsetzen konnten, dauerte es nicht mehr lange, bis Tákis auf einen groß angelegten Parkplatz einbog. Außer ihnen standen nur zwei weitere Fahrzeuge auf der staubigen Fläche. Ein ausgetretener Weg führte direkt zu den Klippen.

»Willkommen am Strand von Preveli!« Kira war anzuhören, dass sie sich selbst auf diesen Ausflug freute. Eilig wurden die Taschen aus dem Kofferraum verteilt. Kira erklärte, dass ihnen noch ein Abstieg von zehn Minuten bevorstand, bis sie sich im Wasser abkühlen konnten.

»Dort unten endet ein Fluss direkt ins Meer, er verläuft über den Sandstrand. Aber seht selbst.«

Julia und Niko standen inzwischen bei den ersten Stufen, die zum Strand hinab führten, und hatten einen famosen Blick über die Schlucht und den steinigen, steilen Stufen vor ihnen.

»Einfach nur ... wow!«, staunte Julia. Die Schlucht leuchtete in hellen, saftigen Grüntönen, in der Mitte ein dunkelgrün glänzender Fluss, an dessen Ufern Bäume und Sträucher prächtig gediehen.

»Das Grün kommt von den Spiegelungen der Bäume, das Wasser selbst ist kristallklar ... und schweinekalt«, informierte sie Kira.

Julia war offensichtlich sehr motiviert, sie drängte darauf, möglichst schnell die Stiegen und den engen Weg hinabzusteigen.

Der Sandstrand war völlig leer, ein seltener Luxus, der sich in wenigen Stunden ändern würde, wie Kira ihnen mitteilte. Schon beim Abstieg konnten sie das Flussende ausmachen, an dem das Wasser über den Sandstrand ins Meer gelangte. Das Meer glitzerte blau bis zum Horizont, wo es mit dem wolkenlosen Himmel verschmolz.

»Völlig konträr zu dem was wir auf der Fahrt hierher gesehen haben. Ein richtiger Wald, soviel grün«, zeigte sich Julia vom Blick auf den Strand und landeinwärts begeistert.

»Der Palmenhain ist eines der beliebtesten Ziele auf Kreta«, erklärte Kira und zeigte auf die Ansammlung von Palmen nahe dem Strand, »Deshalb sind wir auch so zeitig losgefahren.«

»Vor Jahren hat es hier gebrannt, doch die Bäume haben sich erholt. Vereinzelt sieht man aber noch die Spuren von damals.«

»Am Strand selbst werden wir keinen Schatten finden«, stellte Julia fest, da sie keine Sonnenschirme im Sand ausmachen konnte.

»Ich habe vorgesorgt«, meinte Tákis und hob seine längliche Tasche, die er trug.

Auf den letzten Stiegen kam ein kleiner Strandkiosk zum Vorschein, der versteckt im Schatten einiger Bäume lag.

»Für die Verpflegung ist gesorgt«, freute sich Niko, der sich längst nach einem kühlen Getränk sehnte.

Einige Holzplanken dienten als Übergang über das kalte Flusswasser, das sich auf den letzten Metern durch den Sand schlängelte, bevor es im Meer landete.

Tákis ging voran und markierte im feinen Sand ihren Platz mit Sonnenschirm und einigen Stranddecken. Noch während er mit dem Aufbau beschäftigt war, entschieden die Damen, umgehend die Abkühlung im Meer zu suchen.

Tákis erhob sich und gab Niko einen leichten Schubs.

»Mythos?«

»Ja.«

Mit je einer kalten Flasche saßen sie unter dem Schirm und sahen Kira und Julia beim Schwimmen zu.

»Deine Frau kommt selten in die Sonne«, meinte Tákis nach einigen Minuten des Schweigens.

»Sie ist Schottin.«

Nach weiteren Sekunden Stille war Niko neugierig. Er erinnerte sich an sein erstes Treffen mit Kira, bei dem ihre Freunde auf ihn losgegangen waren.

Wäre Tákis dabei gewesen, hätte es anders ausgehen können.

»Woher kennst du Kira?«

»Cousine. Und sie lebt wie ich in Bali.«
Tákis streckte seine Hand aus und zeigte sein Paracord Armband.
»Sie hat mir erzählt, wozu du damals das Paracord benötigt hast.«
»Hat sie alles erzählt?«
»Ja. Bis zum Minotaurus.«
»Das war ein besonderer Urlaub«, erinnerte sich Niko.
»Ich wäre gern dabei gewesen. Aber als Vater hat man andere Verpflichtungen.«
Niko deutete auf den tätowierten Arm.
»Despina oder Maria?«
»Maria steht für meine Mama und meine Tochter, Despina ist meine Frau.«
Nach der kurzen Unterhaltung schwiegen die beiden Männer wieder, tranken ihr Bier und blickten auf das ruhige Meer und den feinen Sandstrand.

Zurück von ihrem Badeausflug standen Kira und Julia vor den Männern und ließen sich ein Badetuch reichen.
»Was ist, wollt ihr nicht reden?«, meinte Kira.
»Wir haben alles besprochen«, antwortete Tákis knapp, Niko nickte zustimmend.
»Da haben sich zwei gefunden«, meinte Julia und schüttelte ihre langen nassen Haare.

Eine Stunde später war es vorbei mit der Einsamkeit. Mehrere Reisegruppen hatten sich inzwischen eingefunden, im Meer waren mehrere Ausflugsboote dem Strand nahegekommen.
Julia zog Niko vom Strandtuch hoch, um mit ihm den Palmenhain genauer zu betrachten. Mehrere mehrsprachige Hinweise betonten, auf dem abgesperrten Pfad zu bleiben, verbaten jegliches

Feuermachen und Verzierungen in die Palmenrinden zu schnitzen. Auf sandigen Wegen, die an den Seiten abgesperrt waren, konnten sie die fünf bis sechs Meter hohen Palmen aus der Nähe bestaunen.

»Karibisches Feeling!« Julias Begeisterung freute Niko. Er hatte sich vor ihrem Abflug Sorgen gemacht, ob ihr der heiße Süden überhaupt zusagen würde.

»Es ist herrlich, mit dir hier zu sein. Etwas Schöneres kann ich mir nicht vorstellen.«

»Du bist süß, Honey.«

»Ich bemühe mich.« Es fiel ihm immer noch schwer, seine Gefühle auszudrücken.

Als sie zurückkehrten, war ihr Strandplatz leer. Kira und Tákis hatten an einem Tisch bei dem Strandkiosk Platz genommen und winkten ihnen zu.

»Zeit fürs Mittagessen«, entschied Niko.

Die Auswahl war nicht besonders groß, aber sowohl die große Portion Souvlaki als auch das Joghurt mit Honig schmeckten köstlich. Kühles Bier für jeden sorgte für eine angenehme Erfrischung.

Zurück an ihrem Platz unter den Sonnenschirmen lehnte sich Kira entspannt an Tákis und schrieb ihrem Freund Manos, der arbeiten musste.

»Er sitzt im abgedunkelten, klimatisierten Zimmer und muss am Computer Listen erstellen.«

»Solange er nicht eifersüchtig wird, wenn du hier mit so einem Muskelmann unterwegs bist«, meinte Julia, die ebenso an Niko gelehnt unter dem Schirm lag.

Kira grinste sie an.

»Tákis gehört zur Familie. Und Despina, sein Engel, ebenso. Die beiden sind das absolute Traumpaar«, sie stieß Niko mit dem Fuß an, »Dafür musst du dich noch bemühen, alter Mann.«

Um einer Unterhaltung über Romantik oder Ähnlichem auszuweichen, entschied sich Niko für einen Sprung ins Wasser.

Während er alleine vor sich hinschwamm, machte er sich Gedanken, wann und wie er das Thema Zusammenziehen ansprechen sollte. Es hatte schon mehrere Andeutungen ihrerseits gegeben und er war sich inzwischen sicher, dass er zu ihr ziehen wollte. Dennoch tat er sich schwer, es in Worte zu fassen.

Vielleicht heute Abend, wenn wir alleine sind, nahm er sich vor.

Sein Vorhaben scheiterte, kaum, dass sie zurück in Bali ankamen, an einem Zusammentreffen mit Kiras Eltern an der Strandbar. Aus einem ruhigen gemeinsamen Abend wurde ein Treffen mit alten Bekannten, die alle neugierig auf Nikos Freundin waren. Auch er ließ sich auf die gemütliche, familiäre Stimmung ein und vertagte sein Gespräch mit Julia.

Als sie nach Mitternacht leicht angeheitert ins Zimmer zurückkehrten, war an ein ernsthaftes Gespräch nicht mehr zu denken. Völlig erschöpft von dem langen Tag und der Hitze fiel Julia ins Bett und schlief nach wenigen Minuten ein.

Wir haben noch genug Zeit zum Reden, dachte er und legte sich zu ihr.

 Lautes, teilweise unverständliches Fluchen weckte Niko unsanft auf. Er setzte sich auf und sah seine Freundin im Nachthemd auf dem Balkon stehen, wo sie mit schottischem Akzent in ihr Telefon schimpfte. Er verstand nicht alles, vermutete aber Probleme im Unternehmen. Der Blick hinaus verriet ihm, dass die Sonne gerade erst aufgegangen war, er schätzte die Uhrzeit auf sieben Uhr.

Viel zu früh, nach einem langen Tag wie gestern.

»Ich werde mich persönlich darum kümmern. Bis ich komme, wird kein weiterer Kommentar abgegeben, von niemandem! Verstanden?«

Ohne eine Verabschiedung warf sie das Handy auf den Tisch und stampfte wütend auf.

»Auch eine Möglichkeit, mich aufzuwecken.«

»Es tut mir leid, Honey, aber ... diese Idioten haben bei der Finanzierung des Kraftwerks auf ein Unternehmen vertraut, das nicht nur knapp vor dem Konkurs steht, sondern auch noch mehrmals unseriös und vor allem nicht gerade umweltfreundlich arbeitet. Das ist ein gefundenes Fressen für die Medien, die sich sowieso einig sind, dass mir das Unternehmen meines Vaters viel zu groß ist.«

Niko stieg aus dem Bett und nahm Julia in den Arm.

»Was heißt das für unseren Urlaub?«

Sie blickte ihn an, nahm seine Hände und gab ihm einen Kuss.

»Ich muss heute noch zurückfliegen, mich um alles kümmern, aber in ein paar Tagen bin ich wieder bei dir.«

»Gerade heute, am Nachmittag kommt Alison auf die Insel«, fiel Niko ein, dass ihre Tochter ebenfalls einen längeren Aufenthalt auf Kreta geplant hatte.

Bevor er weiterreden konnte, legte Julia ihm einen Finger auf den Mund.

»Ich weiß, dass wir andere Pläne hatten. Deshalb werde ich so schnell wie möglich zurückkommen.«

Eigentlich wollte ich in diesem Urlaub mit dir klären, wie es mit uns weitergehen soll, dachte Niko, der versuchte, seine Enttäuschung zu verbergen.

»Und wenn ich wiederkomme, werden wir zwei reden.«

»Reden? Worüber?«, fragte Niko überrascht.

»Darüber, dass solche Aktionen immer wieder passieren können und es für uns beide einfacher wäre, wenn wir zusammenziehen würden. Ich möchte dich in meiner Nähe haben, nicht hunderte Kilometer entfernt. Ich möchte ... ich biete dir an, nach Schottland zu ziehen. Du kennst mein Familienschloss, es ist groß genug für uns und Alison. So kannst du ein ganz neues Kapitel beginnen, alles hinter dir lassen und wir beiden wären nicht mehr getrennt. Ich liebe Dich und will dich, und zwar ganz.«

Niko stand mit offenem Mund vor ihr.

Genau das wollte ich in aller Ruhe mit dir besprechen. An einem Abend, nur wir zwei und nun haben wir das Thema in nicht einmal einer Minute einfach so geklärt? dachte er.

»Ich ... Dieses Thema wollte ich in aller Ruhe ...«

»Besprechen? Honey, ich weiß, wie du tickst. Ich liebe dich nicht wegen der romantischen Ader, aber ich liebe dich so, wie du bist. Ich war mir damals sicher und bin es jetzt auch: Wir gehören zusammen, für immer. Wir sind immerhin verlobt.«

Damit hatte sie ihm die Segel aus dem Wind genommen. Mit zwei, drei Sätzen hatte sie alles geklärt, worüber er krampfhaft nachgedacht hatte.

»Ich liebe dich auch. Ja, in Wien hält mich nicht viel. Ich kann jederzeit meine Sachen packen und zu dir nach Schottland ziehen.«

Julia drückte ihm einen Kuss auf den Mund.

»Sehr gut. Murray freut sich auch, er ist davon ausgegangen, dass du zusagst.«

Sie löste sich von ihm.

»Nachdem das geklärt ist«, sie streifte sich ihr Nachthemd ab, unter dem sie nichts anhatte, »lass uns die letzte Stunde noch genießen.«

Julias Flug hob mittags ab, zwei Stunden später wurde der Privatjet von Alison erwartet. Um die Zeit auf dem Flughafen zu überbrücken, brachte Niko die Musikbibliothek auf seinem Handy auf den neuesten Stand. Nachdem er seine Freundin verabschiedet hatte, nahm er in der Ankunftshalle Platz, steckte sich die Kopfhörer ins Ohr und blickte entspannt durch die Halle. Es war ein hektischer Tag auf dem Flughafen. Menschenmassen strömten an ihm vorbei ins Freie, Reisebegleiter hielten ihre Tafeln mit Namen der Passagiere oder dem Reiseveranstalter in die Höhe. In seinen Ohren wechselten sich schottische Love-Songs mit sommerlichen Klängen ab, dazwischen mischten sich auch einige Hardrock-Songs. Seine Gedanken schweiften ab, zu einer möglichen Zukunft mit Julia, in der sie zwischen dem kühlen Wetter Schottlands und der Hitze Kretas pendelten. Nur seine größte Sorge konnte er nicht loswerden. Auch wenn er noch immer größere Finanzreserven aus seinem früheren Leben besaß, benötigte er einen Job, wenn er zu Julia ziehen wollte. Darüber mussten sie auf jeden Fall noch reden, war ihm klar.

Die Privatmaschine landete nahe der Halle und wurde von zwei Personen eingewiesen. Niko erkannte sie sofort, er war schon Gast in der Maschine gewesen, die Alison von dem inzwischen befreundeten Clan Remington mitbenutzten konnte.
In kurzen hellbraunen Shorts, bauchfreiem weißen Top und offenen Haaren erschien Alison auf den Stufen und sah sich um. Im Gegensatz zu ihrer Mutter war sie es gewohnt, durch Europa zu reisen. Begleitet von zwei Flughafenmitarbeitern wurde sie direkt zur Abflughalle gebracht, wo Niko sie in Empfang nahm.

Nach einer herzlichen Umarmung berichtete er seiner Tochter als Erstes von Julias plötzlichem Aufbruch. Alison hatte sich gefreut, ihre Eltern zu treffen, hatte aber Verständnis für Julias Gründe.

»Sie wird in einigen Tagen zurückkommen. Bis dahin werde ich deine Freunde besser kennenlernen. Was hat Julia mit einem Schiffsausflug rund um die Insel gemeint?«

Davon berichtete Niko während der Fahrt nach Bali. Alison war von Kiras Vorhaben beeindruckt und wollte unbedingt einen Teil der Strecke an Bord des Schiffes miterleben.

»Das wäre eine herrliche Ablenkung vom Stress der letzten Wochen«, meinte sie und versicherte ihm, dass sie auch bereit war, das Team auf dem Schiff zu unterstützen.

Alisons Ankunft war natürlich längst allen Bekannten rund um Niko bekannt. Kaum betraten sie die Bar, kamen Kira, Manos und noch mehr zu ihnen. Es folgte eine längere Vorstellung jedes Einzelnen, wobei Alison nach wenigen Minuten zugeben musste, sich nicht alle Namen merken zu können.

Natürlich kam Kiras Lieblingsthema schnell zur Sprache, somit wurde der restliche Nachmittag genutzt, um die geplanten Sammelaktionen zu organisieren und durchzusprechen.

Kira bot Alison und Niko an, mit ihr den morgigen Tag in Chania bei den letzten Vorbereitungen zu verbringen. Niko bekam keine Möglichkeit sich zu äußern, denn seine Tochter sagte umgehend für sie beide zu. Sie fragte auch nach, ob es noch Platz auf dem Schiff gab.

»Natürlich!«, bestätigte Kira, »Ihr seid herzlich eingeladen, mit uns auszulaufen und die Küste Kretas zu erkunden.«

Trotz des Plans, zeitig loszufahren, blieben alle bis nach Mitternacht sitzen, plauderten und genossen jede Menge Cocktails. Alison, die kein Griechisch verstand, hatte das Glück, dass alle Anwesenden ihr zuliebe ins Englische wechselten. So konnte sie nicht nur alle neugierigen Fragen beantworten, sondern sich ebenfalls ein Bild von der Gruppe machen, die sie bislang nur von Erzählungen ihres Vaters kannte.

Zusammen mit Kira und Manos fuhren Alison und Niko am nächsten Morgen mit dem Sonnenaufgang als Kulisse die Küstenstraße entlang nach Chania. Alison war ebenso begeistert von der Landschaft wie schon Julia.

»Noch eindrucksvoller muss es im Frühjahr sein, wenn alles blüht und die Bäume noch grün sind«, schwärmte sie beim Blick über die Hügel.

»Da hast du Recht«, stimmte ihr Kira zu, »Leider gibt es auch eine andere Seite. Unterwegs werden wir an Parknischen neben der Straße vorbeikommen, die als wilde Müllhalden missbraucht werden. Wobei das nicht nur von den Touristen ausgeht. Auch bei den Einwohnern ist der Umweltgedanken noch nicht überall angekommen.«

»Zuerst rettest du die Insel und danach die ganze Welt«, meinte Niko, fügte aber gleich ein »Es sollte viel mehr Leute geben, die so wie du denken« hinzu, um klarzustellen, dass er ihre Ambitionen ernst nahm.

Die nächste halbe Stunde sprachen Alison und Kira über verschiedene Umweltschutzmaßnahmen, die sie aus Griechenland und Schottland kannten.

Alison konnte ihr erzählen, dass es vor allem in den Städten Schottlands ein wichtiges Thema war. In den Highlands lebten viele Schotten sehr naturverbunden und mit einem besonderen Bezug zu ihrer Umgebung.

»Hier auf Kreta lieben die Einwohner ebenfalls ihre Insel«, sagte Kira, »Es fehlt mancherorts einfach das Verständnis, was die Verschmutzung an Land und im Meer für Auswirkungen hat.«

Nach eineinhalb Stunden Fahrzeit erreichten sie die Stadt und parkten das Fahrzeug bei der Markthalle. Dessen Straße wirkte wie eine Grenze zwischen dem modernen und dem alten Teil der Stadt. Bürogebäude, von Autos überfüllte Straßen, hektische Leute, die in alle Richtungen strömten. Einige Schritte in Richtung Hafen veränderte sich das Bild radikal. Souvenirläden, Boutiquen und kleine Kafenia - kleine Kaffeehäuser, in denen sich die Einheimischen trafen - reihten sich in den schmalen Gassen, die nur noch Platz für Motorräder oder kleine Fahrzeuge boten, aneinander. Hier schlenderten die Touristen ungeschützt von der prallen Sonne oder suchten in einem der kleinen Lokale nach einer Abkühlung. Auffallend viele Schmuckgeschäfte und haufenweise T-Shirts mit teils lustigen, teils sinnlosen Aufdrucken sowie typische Souvenirs aus Griechenland warteten auf die Besucher der Stadt. Die Palette reichte von unterschiedlichen Seifen und Cremen aus Olivenöl, Magneten mit Fotomotiven und Postkarten bis hin zu Stofftieren und Küchengeräten aus Olivenholz. Mehrmals blieb Niko stehen, um die griechischen Messer genauer in Betracht zu nehmen.

»Gefallen sie dir?«, wollte Alison wissen.

»Diese Art von Messer besitze ich bereits.«

Hier hat damals alles angefangen, in meinem letzten Urlaub auf Kreta, fügte er in Gedanken hinzu.

Zehn Minuten später endete die Gasse an der Hafenpromenade, einem der bekanntesten Plätze der Insel. Die Ansichten des venezianischen Hafens mit seinen unterschiedlich farbigen Häusern, der Moschee und dem Leuchtturm hatte Alison bereits auf Bildern gesehen. Die Realität ließ sie dennoch erstaunen, vor allem die dicht aneinandergereihten Lokale und Souvenirläden an der Promenade. Die Restaurants bereiteten sich gerade für den Mittagsansturm vor,

Tische und Stühle wurden geputzt und aufgestellt und Speisekarten in die Ständer vor dem Lokal platziert.

»Hier ist es richtig touristisch. Abseits der Promenade geht es viel ruhiger zu. Kleinere, landestypische Lokale, Läden mit echten Souvenirs, handgefertigt in der Region«, erklärte Manos.

»Ich wäre an den Schmuckläden interessiert. Vielleicht kann ich mit ein paar Händlern sogar ins Geschäft kommen.«

Manos erfuhr von Alisons Beruf im Edelsteinhandel und bot ihr an, nach dem Termin an Bord des Schiffes, einige Schmuckläden aufzusuchen. Sein Enthusiasmus brachte ihm eifersüchtige Blicke von Kira ein, doch diese nahm er nicht wahr.

Im Hafen schaukelten kleine Ausflugsschiffe und private Fischerboote direkt neben der Promenade vor sich hin. Doch ein moderner, neuwertiger Frachter am äußeren Rand des Hafens überragte alle anderen.

»Da ist sie, die OPR 2 Kríti«, meinte Kira ehrfurchtsvoll.

Weder Alison noch Niko konnten ihr Erstaunen verstecken.

Groß prangte das weiße Logo von ›4oceans‹ an der Seite des hellblau bemalten Schiffes. Die Steuerkabine thronte in Weiß vor der Ladefläche, die von einem Kran und vier Beibooten besetzt war.

»Das Schiff wirkt ja gigantisch, im Vergleich zu den Booten rundherum«, staunte Alison.

»Einundvierzig Meter Länge, Platz für über zweitausend Kilo Müll. Ausgestattet mit modernstem Radar und Sonar. Mit an Bord sind Taucher, die darin geübt sind, den Mist vom Meeresgrund zu bergen. Beiboote stehen bereit, um möglichst nahe an die Küste zu gelangen.«

»Wofür steht ‚OPR'?«, fragte Niko nach.

»Ocean Plastic Recovery«, antwortete Kira, »Der Frachter wurde speziell nach den Anforderungen der Company erbaut. Die Nummer 1, ein identischer Frachter, war bereits in Florida, Indonesien und Haiti im Einsatz. Die letzten Zahlen sprechen von über neunhundert Tonnen Plastik, die bislang aus dem Meer gefischt wurden.«

Kira und Manos hatten noch Vorbereitungen zu organisieren und empfahl Niko mit dem Wagen die Halbinsel zu erkunden.

»Ihr habt eure Badesachen mit und wir sind sicher noch drei, vier Stunden hier beschäftigt. Zeig deiner Tochter etwas von der Insel«, meinte Kira.

Alison gefiel die Idee sofort und zog an Nikos Hand.

»Bitte, Daddy! Können wir schwimmen fahren?«, veräppelte sie ihn mit übertrieben kindlicher Stimme.

Niko verdrehte die Augen, stimmte aber dem Vorschlag zu.

Ähnlich wie Julia einige Tage zuvor, blickte Alison gebannt aus dem Fenster, während Niko Chania in Richtung Norden verließ. Die Klimaanlage im Wagen sorgte für angenehme Temperaturen, beide kamen nicht in Versuchung, die Fenster zu öffnen und die heiße Luft hineinzulassen. Auch für Niko war die Halbinsel bei Chania Neuland, bis auf die Stadt und den Flughafen kannte er die Gegend nur aus Reiseführern. Zwischen den Dörfern konnten sie zu beiden Seiten die karge Landschaft sehen, welche sich mit Olivenbaumplantagen abwechselte. Immer wieder tauchten einzelne Häuser und einstöckige Apartmentanlagen neben der Straße auf, meistens frisch renoviert oder neu erbaut. Alison fiel auf, dass die Anlagen allesamt Gemeinsamkeiten hatten.

»Trotz der Hitze sind die Gärten grün und gepflegt, Palmen für den Schatten und immer in hellen Pastellfarben gehalten. Und was haben die alle am Dach?«

»Thermische Solaranlagen. Bei so vielen Sonnenstunden eignen sich diese Anlagen bestens zur Wassererwärmung und Stromgewinnung, ohne die Umwelt zu belasten«, erklärte Niko und grinste im nächsten Moment.

Jetzt hat mich Kira auch schon angesteckt.

Im Ort Stavros angekommen, entschied Niko, dass es Zeit für eine Pause war. In einem kleinen Lokal neben der Badebucht bestellte er für Alison und sich einen Frappé, der die Hitze erträglicher machte.

»Kalter Kaffee mit viel Zucker und viel Schaum, es ist eines der bekanntesten Getränke in Griechenland«, erklärte Niko.

»Den kenne ich schon von meinen Dienstreisen nach Athen. Kennst du die Geschichte dahinter?« Sie wartete nicht auf Nikos Antwort und erzählte weiter, stolz darauf, ihr Wissen weitergeben zu können.

»Irgendwann um 1960 herum wollte die Schweizer Firma Nestlé in Griechenland einen warmen Instantkaffee vorstellen. Durch einen Zufall hat einer der Vertreter den Kaffee mit kaltem Wasser und Zucker zubereitet. Die Mischung schlug viel besser ein als die Originalversion und verbreitete sich rasch über das ganze Land. Heute ist diese Kaffeevariante aus Griechenland nicht mehr wegzudenken und nicht nur bei Touristen äußerst beliebt. Genauso ist es mit dem Sirtaki«, meinte Alison, was Niko schmunzeln ließ.

»Lustig, dass du das gerade hier erwähnst.« Er deutete an die Wand des Lokals, an der alte Schwarzweiß-Fotografien hingen. Nach genauerer Betrachtung erkannte Alison, dass auf den Bildern Filmcrew und Schauspieler abgebildet waren.

»Alexis Sorbas, ein Film aus dem Jahr 1964. Er wurde hier gedreht und hat das Image Kretas auf Jahrzehnte geprägt. Es ist einer der berühmtesten Filme von Anthony Quinn. Die Lebensart, wie sie im Film dargestellt wird, gilt bis heute noch als das übliche Bild der Kreter. Der Sirtaki-Tanz wie man ihn heute kennt, wurde für den Film erfunden. Durch den weltweiten Erfolg des Films, ich glaube, er erhielt drei Oscars, wurde der Tanz Teil der Kultur auf Kreta.«

»Du hast dich schlaugemacht«, stellte Alison anerkennend fest.

»Kreta war die Heimat meiner Mutter und seit meinem letzten Besuch habe ich viel über die Insel gelesen«, erklärte Niko.

»Genug gelernt, jetzt will ich ins Wasser«, beschloss Alison und trank ihren Frappé aus.

Die feinsandige Badebucht bot eine angenehme Abkühlung und ruhiges Wasser. Ihnen gegenüber lag ein kleines Bergmassiv. Vereinzelnde Sträucher wechselten sich mit hellen Steinflächen ab. Einige Wanderer waren zu sehen, die nahe dem Wasser über die Steine spazierten.

Rund um die Bucht waren einige Campingwagen abgestellt, die einen Hauch von Hippie-Dasein versprühten.

Alison schlüpfte aus ihrem Gewand, unter dem sie schon ihren Bikini trug, ließ Niko stehen und rannte ins Wasser. Niko entledigte sich nur seines Shirts und ging bis zu den Knöcheln ins Wasser. Kurz darauf ließ er sich auf einer Sonnenliege nieder, schloss die Augen und spürte die heißen Sonnenstrahlen im Gesicht. Gedankenverloren zog den salzigen Geruch des Meeres ein und träumte von Julias Rückkehr und ihrem weiteren Urlaub.

Als Alison neben ihm ihre Haare ausschüttelte und ihn traf, blinzelte Niko.

»Das Wasser ist herrlich, genau richtig«, schwärmte sie.

Da sie noch Zeit hatten und Niko nicht ins Wasser wollte, entschied er, einen Spaziergang zu machen. Alison überlegte kurz, bevor sie entschied, mitzukommen.

»Aber nicht in den nassen Klamotten«, meinte Alison und wickelte sich das Badetuch um die Hüften. Ihr Oberteil zog sie ohne Schutz aus, womit sie die Blicke einiger junger Männer in der Nähe auf sich zog.

Dabei rechnete einer der Burschen in der Nähe nicht damit, verstanden zu werden.

»Die hat voll gut gebaute Hupen. Zu schade, dass sie zu diesem alten Knacker gehört«, sagte er auf Deutsch.

Niko drehte sich zu dem Jugendlichen um, der sofort errötete, da er an Nikos Gesicht ablesen konnte, dass dieser seine Aussage verstanden hatte.

»Der alte Knacker ist ihr Vater, also aufpassen, was du über ihre Hupen sagst«, meinte er grimmig. Nachdem der Bursch erschrocken zurückwich, gab ihm Niko einen Klaps an die Schulter.

»Mach dir nicht in die Hosen, Kleiner. Ich tu dir schon nichts.«

Sie waren einige Schritte gegangen, als Alison ihn auf die Szene zuvor ansprach.

»Nicht, dass ich etwas verstanden hätte, aber du wirkst insgesamt viel ruhiger und ausgeglichener, als sonst.«

»Ich nehme an, das habe ich meiner Frau zu verdanken.«

Vater, Tochter, Verlobte, Frau ... Ausdrücke, über die ich vor einem Jahr noch nicht einmal nachgedacht habe.

»Ich weiß, dass du kein Mann von vielen Worten bist, schon gar nicht romantischer Art.«

»Korrekt.«

»Aber du liebst Julia.«

»Korrekt.«

»Also, wo ist das Problem?«

»Kein Problem«, versicherte Niko.

»Falls du dir Gedanken darüber machst, was du im hohen Norden machen sollst, kann ich dir versichern, im Schloss, bei Julias Aufgaben und auch bei mir gibt es mehr als genug zu tun.«

»Ich habe verstanden.« Niko beschleunigte seinen Gang, um einer weiteren Unterhaltung aus dem Weg zu gehen.

Sie spazierten rund um die Bucht und fanden den vom Lehm braunroten Weg, wo sie zuvor die Wanderer gesehen hatten. Die Steine zu beiden Seiten waren nahezu weiß, vom Wind und Gezeiten geschliffen und ausgehöhlt, aus den Löchern wuchsen kleine, dornige Sträucher. Die Sonne brachte sowohl Alison als auch Niko zum Schwitzen, dennoch marschierten sie weiter. Nur wenige Meter links neben ihnen brandete das Meer gegen die Klippen. Auf der rechten Seite zog sich die steinige Landschaft langsam hinauf, immer wieder von Sträuchern durchzogen bis zu einem Berg, der in den hellblauen Himmel ragte. Bei einer Rast saßen Alison und Niko neben einem knorrigen Strauch, der mit kleinen violetten Blüten übersät war. Sie blickten minutenlang auf das schier endlose Meer, bis Alison die Stille unterbrach.

»Bei solch einer Aussicht verstehe ich, wieso deine kleine Freundin sich so für den Umweltschutz auf der Insel einsetzt.«

Niko lehnte sich gegen den Felsen und stimmte Alison zu.

»Ich habe viel über Kreta gelesen und es gibt noch jede Menge weitere Highlights. Ich möchte mit Julia zum Beispiel noch einen Wasserfall besuchen, der selbst bei diesen Temperaturen Wasser führt. Die Ausgrabungen von Knossos und Phaistos wollte sie auch sehen.«

»Ich sehe schon, du hast noch einiges vor«, sagte Alison.

Niko nickte.

»Deshalb hoffe ich, dass Julia schnell wiederkommt.«

Alison wollte nochmals ins Wasser, doch ein Anruf ließ sie ihre Pläne ändern. Kira erwartete sie zurück in Chania. Inzwischen waren Alison und Niko hungrig und beschlossen, zurückzufahren.

Kira und Manos hatten bereits in dem vereinbarten Lokal an der Promenade Platz genommen und lotsten sie zu ihnen. Zur Begrüßung wurde ihnen die Speisekarte gereicht.
»Wir haben schon Hunger, Verpflegung an Bord gibt es erst ab morgen«, meinte Manos.

Beim gemeinsamen Essen schlug Kira vor, dass sie nicht mehr zurück nach Bali fahren, sondern den restlichen Tag hier verbringen sollten. Damit würden sie sich das zeitige Aufstehen und zweimal die Strecke sparen.
»Ich habe aber jetzt nichts mit, keine Kleidung, keine Zahnbürste ...«, meinte Alison.
»Das macht nichts, wir sind ja schon in 2 Tagen in Rethymno. Das Notwendigste können wir morgen früh besorgen.«
»Außerdem hast du Kleidung zum Wechseln«, stellte Manos fest, »denn in der Früh hattest du etwas anderes an.«
»Was dir so auffällt«, kommentierte Kira spitz.
 »Dann machen wir es so. Bleiben wir hier«, beschloss Niko.

Kira bot an, mit Alison und Niko die Stadt unter die Lupe zu nehmen. Wobei sie deren Antwort nicht abwartete und nach dem Essen aufsprang.
»Lasst uns losgehen, wir haben den ganzen Nachmittag Zeit. Die Altstadt ist nicht besonders groß, aber es gibt

einiges Sehenswertes. Und damit meine ich nicht nur die unzähligen Messer, die dem alten Mann so gut gefallen.«

Vom Pier aus führte Kira sie in eine kleine Gasse, die zunächst nach einem der typischen Touristenplätze aussah. Mehrere Souvenirläden, vor denen eine große Sammlung an landestypischen Messern, Raki- und Ouzo-Flaschen sowie Seifen aus Olivenöl angeboten wurden, dazwischen kleine Lokale, die alle mit landestypischer Kulinarik warben. Kira versprach, Nikos Interesse an Messern später noch nachzukommen.

»Wir sind hier im jüdischen Viertel«, erklärte sie, während sie durch die schmale Gasse spazierten. Vor den kleinen Kaffeehäusern, den Kafenia, saßen Einheimische auf filigranen Holzstühlen und redeten miteinander, ohne die Touristen zu beachten.

»Manchen meinen, auch das ist typisch für Kreta«, meinte Manos und deutete auf die Häuserfront. Die Hauswände in unterschiedlichen Gelbtönen wirkten wie aus dem letzten Jahrhundert, die teilweise maroden hölzernen Fensterläden passten ebenso dazu. Ohne eine Verkleidung verliefen die Stromkabel an den Wänden entlang, zwischendurch zu dicken Knäueln zusammengebunden. Kira führte sie in eine noch schmalere Gasse, die in einer Art Hinterhof endete. Zu beiden Seiten standen Tische und Stühle im Freien, ansonsten erkannte man nicht, dass sich Lokale in den Häusern befanden. Auch die Synagoge, vor der sie standen, war auf den ersten Blick unscheinbar und nur durch die Davidsterne an den Fenstern zu erkennen.

Ihr Weg führte an einer Taverne vorbei, in einen Durchgang und zurück zu einer befahrenen Straße. Kira deutete einem Kellner und lief ihm entgegen.

»Ein Cousin«, erklärte Manos, der mit Alison und Niko im Schatten stehen blieb.

Nach einer kurzen Unterhaltung kam Kira mit vier Frappés zurück. Direkt vor ihnen erhob sich ein Hügel.

»Der Schiavo-Hügel. Von der ehemaligen Bastion aus dem 16. Jahrhundert ist nicht mehr viel übrig, der Ausblick vom Hügel zahlt sich aber aus. Von oben könnt ihr erkennen, wie damals die Stadtmauern verliefen, da einige Teile noch erhalten sind.«

Ein gepflasterter Weg führte rund um den Hügel hinauf zu einem runden Plateau. Die ausgedörrte Wiese wies deutliche Spuren von diversen Feiern auf.

»Abends und spät nachts trifft sich hier die Jugend der Stadt zum Feiern, Saufen oder andere Aktivitäten. Aber keiner denkt daran, den Mist, die Flaschen und Dosen auch wieder mitzunehmen. So schön die Aussicht hier oben ist, das rundherum ist einfach eine Frechheit!«, schimpfte Kira.

Abgesehen vom liegengelassenen Müll war die Aussicht über Chania für Alison und Niko dennoch bemerkenswert. Sie konnten den Leuchtturm beim Hafen erkennen, Kirchtürme und ein Moscheeturm ragten aus dem Häusermeer hinaus. Hinter ihnen waren die Bauten völlig unterschiedlich. Mehrstöckige Wohnhäuser, Bürogebäude und breitere Straße machten deutlich, dass sie auf den neueren, moderneren Teil Chanias blickten.

»Danke für den Frappé. Die kleine Abkühlung tut gut«, sagte Alison, die sich nach einem Sprung ins kühle Meer sehnte.

Nachdem sie die Aussicht ausgiebig genossen hatten, spazierten sie zurück in die Altstadt, wobei Kira sie gezielt durch die Gassen lotste, bis Niko die Straße plötzlich erkannte.

»Hier war ich schon einmal. Damals, bei meinem ersten Besuch«, fiel ihm ein.

»Das habe ich mir schon gedacht, immerhin ist diese Gasse für ihre Messerschmieden bekannt«, meinte Kira und steuerte ein Lokal an.

»Was haltet ihr davon, wenn wir uns ein Eis genehmigen und Niko kann sich unterdessen die Geschäfte ansehen. Hinter den unscheinbaren Scheiben wirst du mit etwas Glück zusehen können, wie die Messer hergestellt werden.«

Bei Nikos letztem Besuch hatte er hier bereits ein Messer für seine Sammlung erstanden. Er blieb vor dem ersten Geschäft stehen und lugte ins Innere. Hinter verschmutzten, milchigen Scheiben, lagen Küchen- messer, Macheten und Taschenmesser aufgereiht in der Auslage. Die handgeschliffenen Klingen wirkten besonders scharf. Im Inneren saß ein alter Mann vor einer Schleifmaschine, ein Tranchiermesser in der Hand. Er blickte konzentriert auf sein Werk, Nikos Anwesenheit bekam er nicht mit.

Eine Tür weiter fand er niemand im Inneren des Geschäfts vor.

Hier hat man noch großes Vertrauen.

Obwohl ihm auch in diesem Laden eine beachtliche Sammlung an Messern auffiel, entschied er sich, dieses Mal ohne Andenken zu den anderen zu gehen.

Manos hatte zwischenzeitlich eine Unterkunft organisiert. Nach einer mehrstündigen Pause im kühlen Zimmer trafen sich die vier noch zum gemeinsamen Abendessen, danach war aber Schluss. Kira war zu aufgeregt, ihre Gedanken kreisten nur noch um den morgigen Tag. Niko hingegen ging mit den Gedanken an Julia schlafen.

Bereits in den Morgenstunden versammelten sich neugierige Touristen und Einheimische an der Promenade. Auch mehrere griechische Medien hatten ihre Kameras aufgebaut. Als sie die Menschentrauben vor den Infoständen und am Kai sahen, blieb Kira wie erstarrt stehen.

»Die sind alle ... alle wegen dem Schiff da«, stotterte sie.

Manos schnappte sich Kiras Hand.

»Alles wegen dir.«

Kira war zu perplex, um zu antworten.

»Die Mitarbeiter von 4oceans übernehmen die Werbung und die Interviews. Wir müssen nur an Bord und ablegen«, versuchte er seine Freundin zu beruhigen. Aber die Menschenansammlung schüchterte Kira ein, sie versuchte sich, zwischen Manos und Niko zu verstecken. Umgeben von Kameras und fotografierenden Touristen marschierten sie wortlos auf den Frachter zu. Die Mannschaft an Bord hatte bereits alles vorbereitet, um jeden Moment ablegen zu können. Gleich nachdem sie das Schiff betraten, wurde die schmale Gangway eingeholt.

Niko sah, wie ein Mitarbeiter der Company vor den Kameras Fragen beantwortete und dabei immer wieder auf den Frachter deutete. Die Matrosen stellten sich vor, zuletzt kam auch der Kapitän aus seiner Kanzel und stellte sich als Costas Kalafatis vor.

Er entsprach vollkommen dem Klischee eines Kapitäns. Ein Mann um die sechzig, größer als Niko, dichtes graues Haar und ein ebenso dichter Vollbart. Im Gegensatz zu der ansonsten legeren Kleidung der Besatzung trug er ein weißes Jackett und eine weiße Mütze mit blauem Rand.

»Nun sind wir vollzählig, dann kann es losgehen. Unser erstes Ziel liegt nur zehn Seemeilen entfernt. Dort bekommen wir erste Eindrücke vom Grund dieser Mission.«

»Bekomme ich einen kleinen Kurs in Seemannssprache? Wie viel ist eine Seemeile?«, fragte Alison nach.

Der Kapitän drehte sich zu der jungen Frau, musterte sie kurz und fuhr dann mit freundlicher, aber bestimmender Stimme fort.

»Ich könnte euch mit einem langweiligen Vortrag quälen, aber die kurze Version, eine Seemeile entspricht 1,852 Kilometer oder, für unsere Schottin an Bord, 1,15 Meilen. Wir werden auf Kurs Nordnordost gehen, vorbei an Stavros und dann Richtung Osten bis zu einer Bucht.«

»Und genau diese Bucht, die vom Festland nicht erreichbar ist, hat sich aufgrund einer unglücklichen Strömung zu einem Sammelbecken für diversen Müll entwickelt. Luftaufnahmen zeigen dort jede Menge Plastikteile, Abfälle und Ähnliches im Wasser schwimmen. Wir werden mit einem der Boote hinfahren, den Mist einsammeln und einige Bilder machen«, sagte Kira, die langsam ihre Nervosität verlor.

Unter Beifall und Jubelrufen starteten die Motoren des Frachters. Unter Nikos Füßen spürte er ein Vibrieren und Rumpeln, gleich darauf setzte sich das Schiff mit einem sanften Ruck in Bewegung.

Nebeneinander an der Reling stehend, blickten Alison und Niko auf die Promenade, während sie langsam aus dem Hafen fuhren. Erst als sie den markanten

Leuchtturm bei der Hafenzufahrt hinter sich ließen, beschleunigte das Schiff.

»Eine Kreuzfahrt. Damit hätte ich nicht gerechnet«, sagte Nikos Tochter, »aber ich freue mich schon auf die nächsten Tage hier an Bord.«

Eine halbe Stunde später steuerten sie an der Küste entlang auf ihr erstes Ziel zu. Niko stieg ins Beiboot und bekam den Auftrag, mit der Kamera die Verschmutzung zu dokumentieren. Kira machte sie sich auf die Suche nach ihrem Freund und fand ihn am Heck des Frachters, zusammen mit Alison. Sie verstand nicht worüber sie sprachen, bemerkte aber, wie Alison immer wieder den Arm um ihren Freund legte. Mit aufsteigender Eifersucht marschierte sie auf die beiden zu.

»Na, ihr habt es scheinbar sehr nett hier. Zu zweit.«

Obwohl sie nicht verärgert klingen wollte, war ihr Unmut deutlich herauszuhören. Niko stand abseits und beobachtete die Szene mit einem Grinsen.

Ach Kleine, wenn du wüsstest.

»Ja, wir haben es wirklich nett. Dein Freund ist ja auch ein ganz ein Süßer. Er hat mir viel über das Schiff und unsere Route erzählt. Manos hat auch angeboten, dafür zu sorgen, dass ich nicht seekrank werde«, sagte Alison gut gelaunt. Dass sie dabei Manos durch die gelockten schwarzen Haare strich, stieß Kira sauer auf.

»Das ist sehr zuvorkommend von meinem Freund«, antwortete sie gereizt, wobei sie »meinem Freund« sehr deutlich betonte.

Manos erkannte, dass seine Freundin sauer war und wollte sich von Alison lösen, doch diese hatte ihre Hand noch auf seiner Schulter.

Kira trat nahe an Alison heran und sah ihr in die Augen.

»Solange er und du nicht vergesst, wer seine Freundin ist.« Sie unterstrich ihre Aussage, in dem sie nach Manos Hand griff. Alison verlor nicht ihr Lächeln, ließ Manos los und strich dafür Kira über die Schulter.

»Du brauchst dir um deinen Liebling keine Sorgen machen. Er ist zwar wirklich sehr sympathisch ...«, sie lehnte sich zu Kira und grinste sie an, »... aber er ist nicht mein Typ.«

»Ach wirklich?«, fragte Kira skeptisch.

»Wirklich«, versicherte Alison ihr, »Du hingegen wärst viel interessanter für mich, Süße. Aber ich habe schon eine Freundin, mit der ich sehr glücklich bin.«

Kira sah sie fragend an und verstand erst nach einigen Sekunden.

»Also wenn das so ist, dann viel Spaß euch beiden noch«, meinte sie lächelnd.

Niko begleitete eines der Beiboote bei dessen erster Ausfahrt zur Bucht. Schon beim Näherkommen konnte er den Unrat im Meer entdeckten. Von Algen bedeckte Fischernetze, Plastikflaschen und Folien in unterschiedlichsten Farben und Größen. Dazwischen befand sich auch eine Ansammlung von Styroporplatten. Niko dokumentierte alles mit der Kamera, bevor er und seine zwei Begleiter anfingen, mithilfe von Netzen und Keschern die ersten Teile einzusammeln. Größere Brocken hoben sie direkt mit den Händen aus dem Meer und verstauten alles in blauen Tonnen, die später an Bord des Schiffes in Container geleert werden sollten.

»Im nächsten Hafen werden uns die Container abgenommen, geleert und wiedergebracht. Der Müll wird zu einer Sammelstelle gebracht, wo er sortiert wird. Völlig recyceln klappt auf Kreta leider nicht, aber wenigstens wird auf eine die korrekte Entsorgung geachtet«, erklärte ihm der junge Mann, der auch das Boot steuerte.

Über eine Stunde lang sammelten sie den schwimmenden Müll ein, bis ein Großteil der Verschmutzung verschwunden war. Einzelne Styroporkugeln schwammen immer noch an der Oberfläche, was Kira mehrere Flüche entlockte.

»Genau diese Kleinteile sind es, die zum Beispiel für das Fischsterben verantwortlich sind. Neben den großen, sichtbaren Teilen ist das ganze Mikroplastik im Meer eine Gefahr für die Umwelt und die Tiere«, schimpfte sie.

Inzwischen waren drei Matrosen damit beschäftigt, die Tonnen zu leeren. Währenddessen setzte der Kapitän wieder Kurs, entfernte sich von der Küste und gab Bescheid, dass sie weiter in Richtung Osten fuhren.

Kira und Manos wechselten sich ab, nach weiteren Müllansammlungen Ausschau zu halten, doch nach kurzer Zeit rief der Kapitän sie zu sich.

»Das Sonar hat etwas auf dem Meeresgrund entdeckt. Leicht backbord, in einer Tiefe von fünfzehn Metern befinden sich Objekte, die offensichtlich nicht natürlichen Ursprungs sind.«

Die Information verriet nicht viel, veranlasste Kira aber, den Kurs ändern zu lassen. Je näher sie dem unbekannten Objekt kamen, desto deutlicher wurde es.

»Kisten! Das sind Kisten, die schwer genug sind, um unbeweglich auf dem Boden zu liegen«, erkannte der Kapitän.

Nach einer kurzen Besprechung wurde beschlossen, dass einer der Matrosen hinabtauchen würde. Während sich der griechische Junge den Anzug überzog, bekam Niko von Kira das Angebot, ebenfalls ins Wasser zu gehen.

»Ich habe keine Taucherfahrung.«

»Aber du kannst schwimmen, oder?«

Gemeinsam mit dem Taucher sprang Niko ins kühle Meer. Während der Matrose nicht mehr auftauchte, begann Niko an der Längsseite entlang zu schwimmen. Das kühle Meerwasser, die Sonne über ihn, alles zusammen sorgte für ein lange unbekanntes Gefühl bei Niko.

Das ist Urlaub, völlig entspannt. Schade, dass Julia nicht hier ist und das mit mir teilen kann.

Der Frachter hatte die Motoren abgestellt, so konnte Niko gefahrenlos direkt neben dem Schiff schwimmen. Aus seiner Sicht wirkte das Schiff noch gewaltiger. Als

Niko den Bug erreichte, hörte er, wie der Kran in Betrieb genommen wurde. Kurz darauf wurde eine quadratische Kiste aus dem Wasser gezogen. Die quadratische Kiste mit einer Kantenlänge von beinahe zwei Metern war in mehrere Schichten Plastik eingewickelt.

Der Inhalt soll wohl nicht nass werden, seltsam für herkömmlichen Müll, dachte Niko und schwamm neugierig zurück zu einer der Leitern.

Alison wartete bereits mit einem Handtuch neben der Leiter, während hinter ihr die Kiste auf die Ladefläche gehievt wurde. Niko konnte erkennen, dass Kira und zwei Matrosen damit beschäftigt waren, die obere Holzplatte der Kiste zu entfernen. Obwohl er selbst interessiert daran war, was sich in dieser Kiste, von der noch weitere unter ihnen auf dem Meeresgrund lagen, befand, entschied Niko, zuerst in trockene Klamotten zu schlüpfen.

Er bog an der Kanzel des Kapitäns ab und fand seine Tochter an der Reling stehend.

»Gibt es was zu sehen?«, wollte Niko wissen.

»Eine Motoryacht nähert sich mit hoher Geschwindigkeit« erklärte Alison und deutete auf das Meer.

Die Yacht, welche halb so lang wie die ‚OPR 2 Kríti‘ war, steuerte auf sie zu.

»Keine Ahnung, was die vorhaben, aber es scheint keine Marineeinheit zu sein«, bemerkte Alison beim Blick durch ihr Fernglas.

Als das Schiff näherkam, konnte sie mehrere Personen an Bord erkennen. Plötzlich schreckte sie auf.

»Waffen!«

Alle an Deck drehten sich zu ihr um.

»Wie bitte?«, fragte Kira, die gerade zu ihnen kam.

»Die haben Waffen! Deuten auf uns und haben Gewehre in der Hand«, schrie Alison entsetzt.

»Das ist wohl ein Scherz«, meinte Niko, der gerade aus dem Inneren heraustrat. Er nahm ihr das Fernglas ab und sah hindurch. Beim Anblick der bewaffneten Männer lief ihm ein kalter Schauer über den Rücken.

»Die wollen eindeutig zu uns, Sturmgewehre im Anschlag. Das kann nicht wahr sein.« Niko schüttelte den Kopf und blickte nochmals durch das Fernglas.

»Wir sollten den Kurs ändern und näher an die Küste fahren«, schlug er hektisch vor.

»Wieso an die Küste?«, wollte Alison nervös wissen.

»Für den Fall ...«, weiter kam Niko nicht. Eine Gewehrsalve traf die Seite des Schiffes, Kugeln schlugen in das Metall.

»Deshalb!«, schrie Niko, »Runter von Deck!«

Panisch rannten alle zu den Luken, um im Inneren Schutz zu suchen. Weitere Schüsse erfolgten, einige trafen die Befestigung eines Beibootes, welches sich daraufhin vom Kran löste und ins Meer flog.

»Was soll das?«, fluchte Kira, während Manos sie durch die schmale Luke ins Innere bugsierte.

»Piraten, Verrückte, sonstige Verbrecher, wer weiß. Egal, sie sind gefährlich, nur das zählt«, rief Alison aufgebracht und ängstlich.

Die Motoryacht kam nahe genug, damit drei Personen an Bord springen konnten. Der erste sorgte mit einer Drohgeste in Richtung des Kapitäns dafür, dass er auf keine dummen Ideen kam.

»Raus mit euch allen, sofort!«, befahl einer der Männer.

Niko erschien als Erster. Vor ihm standen zwei braungebrannte Männer in Militärkleidung, das Sturmgewehr auf ihn gerichtet. Dazwischen eine Frau, die die Männer um einen Kopf überragte. Da sie ein braunes Tank-Top trug, waren ihre muskulösen Oberarme deutlich zu erkennen. Die schwarzen Haare waren streng nach hinten zu einem Pferdeschwanz zusammengebunden. Die enge schwarze Hose und ihre Stiefel mit massiver Sohle gaben ihr ein noch bedrohlicheres Aussehen. Ihr eiskalter Blick ließ keinen Zweifel aufkommen, wie ernst es ihr war.

Ein Kampfweib, dachte Niko. Ihm fiel auf, dass sie keine Waffe trug, schätzte sie aber als ebenso gefährlich wie ihre zwei Begleiter ein.

Als sich alle an Bord versammelt hatten, wurde auch der Kapitän zu ihnen gebracht. Nur Kira fehlte, was aber niemand erwähnen wollte.

»Ihr habt etwas, das uns gehört«, sagte die Frau. Ihre tiefe, aggressive Stimme passte zu ihrer Erscheinung.

Alison trat vor.

»Wir sammeln Müll aus dem Meer. Was sollten wir von euch haben? Was soll dieser Auftritt überhaupt?«

»Die Kiste, die ihr geholt habt - wo ist sie?«

Eingeschüchtert von den Waffen brachte keiner ein Wort heraus. Sogar Niko verhielt sich ruhig, auch wenn in ihm die Wut aufstieg.

Einer ihrer Männer verschwand und rief kurz darauf von der Ladefläche: »Die Kiste wurde geöffnet, eine der Statuen fehlt!«

Die Frau im Tank-Top näherte sich Alison und sah sie mit einem bösartigen Grinsen an.

»Waren wir neugierig?«

Alison sah sie nur angewidert an.

»Ich frage nur einmal höflich, wo ist der Inhalt der Kiste?«

Statue? Warum habe ich gerade ein ganz ungutes Gefühl, abgesehen von dem Piratenangriff.

Niko spannte seine Muskeln an, während die Frau Alison bis auf wenige Zentimeter näherkam.

»Wo ist die fehlende Statue?«, fragte sie mit tiefer, bedrohlicher Stimme.

»Was weiß ich, wir haben ...«

»Ich habe eure verdammte Statue«, rief eine Frauenstimme über ihnen. Kira stand auf dem Dach der Steuerkabine, in der Hand eine goldglänzende Statue.

Niko stieß einen leisen Fluch aus.

Das Schicksal ist ein Arschloch!, fluchte er, als er die Figur erkannte. Dieselbe Poseidon-Statue hatte Martin ihm vor einigen Wochen präsentiert.

»Komm her Mädchen und gib mir, was uns gehört«, forderte die Anführerin und winkte Kira zu.

»Ihr könnt die Kiste haben und ich werfe euch die Statue zu, sobald ihr von Bord verschwindet und uns in Ruhe lasst.«

»Süß, wie mutig.«

Im nächsten Moment schoss ihre Hand vor und packte Alison am Arm. Noch bevor diese reagieren konnte, verdrehte sie ihr den Arm, bis ein unnatürliches Knacken verriet, dass ihre Schulter ausgekegelt wurde. Laut schreiend ging Alison auf die Knie.

Niko hörte den Aufschrei seiner Tochter und vergas alles andere. Augenblicklich stürmte er auf das Trio zu. Noch bevor der Mann sein Gewehr auf ihn richten konnte, verpasste ihm Niko einen Tritt und schlug ihn mit der Faust zu Boden. Er wandte sich der Frau zu und sprang ihr entgegen. Für einen Augenblick machte er sich bewusst, dass vor ihm eine erfahrene Kämpferin stand, im nächsten Moment bekam er die Bestätigung. Er kam nicht einmal dazu, einen Schlag auszuführen, da flog ihm eine Hand entgegen, zu schnell, um reagieren zu können. Niko kam nicht dazu, sich zu wehren, zu schnell trafen ihn Fäuste im Gesicht und ein Fuß in der Magengegend. Ein weiterer Kick beförderte ihn zur Seite, wo er zu Boden ging.

»Netter Versuch, better luck next time«, meinte sie nur spöttisch, bevor sie wieder zu Kira hinaufblickte.

Die sah geschockt auf die Frau hinab, neben der Alison und Niko auf dem Boden lagen. Wortlos warf sie die Figur hinunter. Auf dem Boden aufgeschlagen, zerbröselte sie in unzählige kleine Teile. Die Statue war mit goldener Farbe angemalt, ansonsten bestand sie aus einem weißen, gipsähnlichen Material.

»Jetzt kommst du runter«, befahl die Anführerin grimmig.

Einer der Männer dirigierte den Kapitän in seine Kabine, der andere drängte die Gruppe ins Innere. Niko wurde mit dem Lauf des Sturmgewehrs zum Aufstehen gezwungen. Als die Anführerin Alison hochziehen wollte, wehrte sich diese und warf sich mit der gesunden Schulter gegen sie. Sie schaffte es sogar noch, mit dem bewegbaren Arm auszuholen, wurde jedoch sofort fallengelassen. Mit einem Schmerzensschrei landete Alison auf der lädierten Seite, bekam daraufhin noch einen Tritt gegen die Schläfe. Entsetzt wollte Niko zu ihr stürmen, der Gewehrlauf auf seiner Brust ließ ihn aber stoppen.

Eure Visagen werde ich nicht vergessen. Und ich werde euch finden, das verspreche ich euch, dachte er voller Zorn.

Alison blieb bewusstlos liegen, während Niko ebenfalls ins Innere gedrängt wurde.

»Was sind das für Gestalten?«, fragte Kira, die als Letzte zu ihnen bugsiert wurde.

»Drogenhändler«, antwortete Niko grimmig.

»Wie bitte?«

»Die Statuen sind nicht aus Gips, sondern Kokain.«

»Woher weißt du das?«

»Ich habe eine der Statuen schon vor meinem Abflug gesehen. Lange Geschichte.«

Niko wandte sich ab und hockte sich in die Ecke. Dabei ließ er den Mann an der Tür nicht aus den Augen.

Sein ganzer Körper zitterte, es fiel ihm schwer, seine aufgestaute Wut zu unterdrücken. Auf der anderen Seite der Wand lag Alison, um die er sich große Sorgen machte. Er war sich sicher, dass diese Piraten keine Skrupel kannten und ihre Waffen auch benutzen würden. Manos saß neben Alison und nickte Niko zu, als Zeichen, dass es ihr den Umständen entsprechend gut ging.

Von außen war zu hören, wie ein Kran in Betrieb genommen wurde. Mit dessen Hilfe wanderte vermutlich die Kiste auf das andere Schiff. Nach einigen Minuten hörten sie unterschiedliche Befehle, bis die Tür zu ihnen aufgestoßen wurde.

»Wir sind fertig, danke für eure Unterstützung. Mit dem Kran war es besonders leicht«, meinte die Anführerin mit übertrieben freundlicher Stimme.

Der Aufpasser marschierte an ihr vorbei ins Freie.

»Zum Abschluss noch einen kleinen Ratschlag ...« Sie sah sich nach ihren Männern um, wartete einige Sekunden und zog dann ein kugelförmiges Ding aus einer Seitentasche.

»Ihr solltet an die frische Luft, schnellstens!«

Mit diesen Worten warf sie das Ding, welches Niko als Handgranate identifizierte, in den Raum. Die Granate flog an ihnen vorbei und fiel über die Stiegen in den unteren Bereich.

»Raus hier, sofort!«, schrie Niko, sprang auf und rannte zur Tür.

Die Anführerin der mutmaßlichen Drogenhändler war schon an Bord ihres Schiffes gesprungen und winkte ihm zu, während es mit Vollgas davonfuhr. Hinter Niko kamen alle panisch an Deck. Er selbst griff nach Alison und zog sie von der Wand weg.

»Was ist ...?«, wollte der Kapitän fragen, als die Granate unter ihnen detonierte. Ein heftiges Beben ließ alle zu Boden stürzen, mehrere Bugfenster barsten, in der Steuerkabine wölbte sich der Boden und riss an mehreren Stellen auf. Eine Befestigung für die Beiboote knickte ein und fiel ins Meer. Der gerade noch benutzte Kran stürzte ebenso ein, wobei der Hebearm direkt auf das Schiffsdeck krachte und auch dort den Boden aufriss. Niko konnte erkennen, wie Wasser seitlich vom Schiff wegspritzte, was ihn annehmen ließ, dass sie ein Loch im Rumpf hatten.

»Kapitän, versuchen sie das Schiff in Richtung des nächsten Hafens zu lenken. Manos, komm mit mir. Wir überprüfen, was alles ruiniert ist. Kira, kümmere dich um Alison«, teilte Niko die Umherstehenden ein. Ohne auf Antworten zu warten, zog er Manos mit sich und rannte zurück ins Innere.

Der Anblick ließ beide erstarren. Der Raum war völlig verwüstet. Dort wo zuvor noch eine Treppe hinabführte, war nur noch ein Loch, aus dem schwarzer Rauch aufstieg.

»Der Motorraum?«, fragte Manos entsetzt und noch immer verängstigt.

»Ja. Auf jeden Fall hat es einen der Dieseltanks erwischt«, antwortete Niko, dem der unangenehme Geruch von Diesel und verbranntem Plastik in die Nase stieg.

Wieder im Freien hörte er den Kapitän fluchen.

»Unser Schiff ist zu groß für einen der kleinen Häfen in der Nähe. Rethymno ist ungefähr zwanzig Seemeilen entfernt, wir müssen es bis dorthin schaffen.«

Niko versuchte, sich an die Umrechnung zu erinnern.

»Etwas über fünfunddreißig Kilometer«, klärte er Niko auf, »Es ist unsere einzige Möglichkeit. Ihr müsst im Hafen Bescheid geben.«

»Und bestellt einen Krankenwagen zum Hafen«, befahl Niko und begab sich zu Kira, die bei Alison kniete.

Das Schiff war durch die dunkle Rauchfahne schon von weitem zu erkennen. Das Leck im Maschinenraum konnte nicht verschlossen werden, aber der Kapitän wirkte zuversichtlich, dass sie nicht vorzeitig sinken würden. Auf halber Strecke kamen ihnen Rettungsschiffe und ein Abschleppkahn entgegen. Alison wurde umgehend weggebracht, wobei Niko darauf bestand, mitzukommen. Er hatte ansonsten seit dem Gespräch mit dem Kapitän kein Wort mehr gesprochen. Auch als die Sanitäter seine Tochter mitnahmen, nickte er nur auf die Frage, ob er zur Verwandtschaft gehörte.

Während der Kapitän das Schiff auf Kurs hielt, wurde die restliche Besatzung von Bord geholt. Als Kira und Manos an Land gingen, war der Rettungswagen mit Alison und Niko längst abgefahren.

»Sie werden mit Sicherheit nach Heraklion fahren. Dort wird sie in besten Händen sein«, versicherte Manos seiner Freundin.

»Ich weiß, aber ...«

»Kein aber. Komm, unser Taxi wartet bereits.«

Kommentarlos ließ sich Kira in das bereitstehende Taxi setzen.

»Bring uns zurück nach Bali, bitte«, bat Manos den Fahrer.

Er hatte den Arm um seine Freundin gelegt, die an ihn gelehnt mit leerem Blick hinausstarrte.

Erst als sie auf die Küstenstraße auffuhren, versuchte Manos, mit Kira zu sprechen.

»Ich weiß, wieviel dir das ganze Projekt bedeutet hat. Vielleicht können wir ...«

»Wer soll die Reparatur bezahlen? Die ganze Werbung für die Rundfahrt, die Leute ... Wir müssen alles absagen. Wir haben versagt.«

»Nein!«, meinte Manos energisch, »Diese Verbrecher sind an allem schuld. Wir müssen sie finden und ...«

Kira richtete sich spontan auf und blickte Manos entgeistert an.

»Was ist los?«, wunderte sich Manos.

»Weißt du, was auf uns zukommt?«

Manos verstand nicht, wovon sie sprach.

»Manos ...«, Kira schluckte, »Ich habe Angst.«

»Angst? Wovor denn? Diese Typen und die Ninjalady werden uns ...«

»Nicht vor denen. Hast du Niko gesehen?«

Manos überlegte kurz.

»Er war vollkommen ruhig.«

»Genau. Du kennst ihn und Alison ist seine Tochter.«

»Er wird noch richtig sauer werden, meinst du das?«, mutmaßte Manos.

»Nein«, widersprach Kira, »Er wird durchdrehen und die Insel völlig auf den Kopf stellen.«

Die Uhr zeigte inzwischen eine Stunde nach Mitternacht, aber Niko konnte nicht schlafen. Er lag im Bett und starrte im Dunkeln an die Decke. In Gedanken sah er immer wieder Alison, bewusstlos auf dem Boden liegend, aber auch Erinnerungen an ihr Kennenlernen in Schottland und was sie bislang erlebt hatten.

Sie ist in guten Händen, sie ist im Krankenhaus und wird wieder ganz gesund, versuchte er sich selbst einzureden.

Auch das Bild der Frau, die auf Alison eingeschlagen hatte, ging ihm nicht aus dem Kopf.

»Du wirst dafür bezahlen«, murmelte er.

Zwei Stunden später lag er immer noch wach im Bett. Niko musste sich eingestehen, dass er noch nie in einer solchen Situation gewesen war.

Es ist immerhin meine Tochter! Ich habe ihr versprochen, auf sie aufzupassen.

Er schrieb eine lange Nachricht an Julia, erwähnte alle Details und schrieb mehrmals, dass es Alison gut ging. Als er die Nachricht abschickte, erkannte er, dass Julia ihr Handy anscheinend abgedreht hatte.

Sie wird es früh genug lesen, war er sich sicher.

Da an Einschlafen nicht zu denken war, stand Niko auf und verließ sein Zimmer. Der Mond sorgte für diffuses Licht auf der spärlich beleuchteten Straße in Richtung Strand. Die Bar war geschlossen, der Sandstrand menschenleer. Niko setzte sich auf eine der Strandliegen, die aufgrund der nächtlichen Flut nahe an der Straße aufgereiht waren. Er blickte hinaus auf das Meer, in der Hand das schwarze Komboloi, welches er bei seinem letzten Besuch von Kiras Bruder Aléxandros bekommen hatte. Die Wellen schimmerten im Mondlicht und sorgten mit dem sanften Rauschen für etwas Beruhigung.

Ich vermisse Julia ... Ich muss es ihr noch erzählen, obwohl sie gerade selbst Probleme hat.

Julias überraschender Vorstoß bezüglich ihrer Zukunft hatte ihn überrumpelt, und gerade jetzt wünschte er, sie an seiner Seite zu haben.

Während er an Julia und Alison dachte, verlor er jedes Zeitgefühl und versank in seinen Gedanken.

Als am Horizont ein schwacher orangefarbener Schimmer erschien, erwachte Niko aus seiner Trance.

»Nemo me impune lacessit«, flüsterte er den lateinischen Wahlspruch des schottischen Distelordens: »Niemand reizt mich ungestraft«

Gleich nach dem Frühstück fuhr Niko in die Hauptstadt zu Alison. Ihr ging es bereits viel besser und wollte schnellstmöglich aus dem Krankenhaus entlassen werden.

In Alisons Krankenzimmer versicherte der Arzt, dass sie nur noch ein bis zwei Tage zur Kontrolle bleiben musste. Es gab keine schweren Verletzungen, die Gehirnerschütterung war nicht besorgniserregend.

»Die nächsten Tage darf sie sich aber nicht anstrengen. Keine langen Wanderungen in der prallen Hitze, nicht zu viel Alkohol und keine Schlägereien«, ordnete der Arzt an. Niko versprach, sich um Alison zu kümmern und dafür zu sorgen, dass sie zu ihrer notwendigen Erholung kam. Kurz darauf verließ er etwas beruhigter das Krankenhaus.

Vor dem Eingang stellte sich Niko neben dem überdachten Raucherbereich und informierte Julia per SMS über die Neuigkeiten zu Alisons Zustand. Er hatte bislang noch keine Reaktion erhalten, was ihn vermuten ließ, dass sie mitten in geschäftlichen Besprechungen steckte. Gerade als er das Telefon wieder einsteckte, erblickte er eine Person, die im Arztkittel aus dem Krankenhaus kam. Ein Blick genügte Niko, um sie zu identifizieren.

Die Kampfamazone!

Er widerstand dem Drang, sofort auf sie zuzustürmen und beobachtete, wie sie den Arztkittel auszog und mit schnellen Schritten in der nächsten Gasse verschwand. Sofort machte sich Niko auf, ihr zu folgen. Dabei achtete er sehr darauf, einerseits unauffällig zu bleiben und sie gleichzeitig nicht aus den Augen zu verlieren.

Der Arztkittel landete in einer der Mülltonnen, was Niko einen weiteren Grund gab, sich mit der Person intensiver zu beschäftigen.

Bist du wegen Alison gekommen oder arbeitest du hier?

Ihm fiel auf, dass sie sehr darauf bedacht war, mögliche Verfolger zu enttarnen, da sie mehrmals die Richtung wechselte und scheinbar im Kreis durch die schmalen Gassen hinter den Touristenstraßen marschierte. Als sie plötzlich in einem Haus verschwand, stellte sich Niko die Frage, ob sie am Ziel angekommen war, oder es eine Falle war.

Das Risiko gehe ich ein, entschied er und rannte los.

Noch bevor die Eingangstür wieder ins Schloss fiel, erwischte er den Türknauf und fing sie ab. Vorsichtig lugte er ins Innere. Einige Meter weiter verschwand die Frau in einer Wohnung. Die Tür wurde hinter ihr zugeworfen aber nicht zugesperrt.

Zeit für ein Rückmatch!

Ohne weiter darüber nachzudenken, schlich er zur Tür und kniete sich nieder. Niemand bemerkte ihn, wie er an der Tür lauschte. Aus dem Inneren konnte er keine Geräusche vernehmen. Angespannt hielt Niko die Luft an und schob leise die Tür auf, bereit, sich sofort auf die Frau zu stürzen. Doch diese stand einen Raum weiter mit dem Rücken zur Tür. Niko sah seine Chance gekommen, als sie sich gerade ihr Shirt über den Kopf zog.

Mit einem Stoß schleuderte er die Tür auf und sprintete los. Vor ihm drehte sich die Frau überrascht um, wollte ihr Shirt gerade wieder herunterziehen, um den Eindringling zu sehen. Niko rannte durch den Vorraum in das Zimmer und rammte seine Schulter mit voller Wucht gegen ihren Oberkörper. Gleichzeitig packte er sie mit den Händen und ließ sie abheben. Sie flogen rückwärts auf den niedrigen Couchtisch, der unter dem Aufprall auseinanderbrach. Die filigranen Tischbeine wurden durch den Raum geschleudert, während die Frau unter Niko schmerzhaft aufschrie. Niko setzte augenblicklich nach, schlug mehrmals mit der Faust zu und drückte sie zu Boden. Die Überraschung dauerte nur kurz an, dann wehrte sich die Frau und verpasste ihm einen schmerzhaften Kniestoß in die Magengegend. Wie besessen ließ Niko seiner Wut freien Lauf, konnte sie aber nicht unter sich halten, wurde zur Seite gedreht und weggestoßen. Sofort sprang er auf, kassierte aber schon im nächsten Moment einen Fußtritt ins Gesicht. Trotz des Schmerzes packte er das Bein und schleuderte seine Angreiferin gegen die Wand. Er wollte umgehend nachsetzen, doch sie schlug mit ihrer Hand zu, traf ihn und ließ ihn zurücktaumeln. Dabei verlor Niko das Gleichgewicht, stolperte und versuchte noch, die Situation auszunutzen, um sie mitzureißen. Eng umschlungen landeten sie auf dem knirschenden Holzboden und rollten durch das Zimmer. Niko bekam einen Stoß gegen die Brust und erkannte, wie sein Gegenüber versuchte, sich zu erheben. In diesem Moment erkannte er eine Möglichkeit, die kampferprobte Frau zu überraschen. Er schlang die Beine um ihren Kopf, beugte sich hoch und bekam ihren Kopf zu fassen. Fest zog er ihren Kopf zu sich hinab. Die Beine fest ineinander verkeilt, griff er nach einem Arm und ließ sich nach hinten fallen. Zwischen seinen Beinen blickte ihn die Frau mit einer Mischung aus Überraschung, Wut und Schmerz an, als sie realisierte, dass Niko sie in einem Aufgabegriff wie aus dem Lehrbuch hielt. Sie schaffte es weder, ihren überdehnten Arm zu befreien, noch den Kopf aus der Beinpresse zu befreien.

»Lass mich ... Wir müssen reden«, keuchte sie, während ihr die Luft abgedrückt wurde.

»Was du musst, ist dafür bezahlen, was du Alison angetan hast.«

Niko verstärkte den Druck seiner Beine, was sie aufstöhnen ließ.

»Es geht ihr gut, ich habe doch ...« Sie verdrehte die Augen, schien das Bewusstsein zu verlieren.

Plötzlich hörte Niko, wie jemand hinter ihm die Wohnung betrat.

Mist, sie kriegt Verstärkung, fluchte er in Gedanken.

»What the fuck, was geht denn hier ab?« Die Stimme gehörte Julia, was Niko so sehr überraschte, dass er seine Beinschere lockerte. Sofort stieß sich seine Gegnerin zur Seite und befreite sich aus der misslichen Lage. Sie sprang auf die Beine und blickte Niko wütend an.

»Du Idiot«, schnaubte sie, »Ich will gerade erklären ...«

Weiter kam sie nicht, da Julias Bein mit voller Wucht ihr Gesicht traf und sie gegen die Wand schleuderte. Julia war mit einem Satz bei ihr und packte sie fest am Hals.

»Niemand, absolut niemand hat etwas zwischen den Beinen meines Manns zu suchen«, fauchte sie, ihre freie Hand zur Faust geballt und bereit zuzuschlagen.

»Kann ich jetzt endlich einmal ... erklären, wer ich bin?«, keuchte die Frau.

Niko hatte sich inzwischen erhoben und deutete Julia, sie loszulassen.

»Was für eine Erklärung? Du hast Alison ins Krankenhaus befördert«, schnauzte Niko.

Julia sah der Frau wutentbrannt in die Augen, ihr Griff am Hals schnürte ihr weiter die Luft ab.

»Ja, weil ich musste. Ich bin undercover bei Viktor Samoros!«, stieß sie hervor.

Julia und Niko standen der Frau gegenüber, die zuerst ihre Haare und dann ihre Kleidung richtete.

»Angelika Spiegel«, stellte sie sich dem Paar vor.

»Klingt nicht griechisch«, meinte Niko, immer noch erregt.

»Verheiratet mit einem Deutschen. Ich arbeite für das BKA Berlin, Abteilung Internationale Suchtgiftbekämpfung.«

Niko hob nur missbilligend die Schultern.

»Wer ist Viktor Samoros?«, wollte er wissen.

»Offiziell ist Viktor einer der großen Geschäftsmänner auf der Insel. Er ist Geschäftsführer des größten Fleischereibetriebs auf Kreta. Zusätzlich gehören ihm unzählige Geschäfte, Souvenirläden, mindestens drei Hotels, eine Reederei und noch mehr.«

»Und inoffiziell?«

»Inoffiziell hat Viktor Samoros über seine Geschäfte ein großes Drogennetz aufgebaut. Lieferungen landen in seinen Läden und werden über verschiedenste Wege weitergeleitet und quer durch Europa versandt. Er ist nicht dumm, es war nie möglich, ihm etwas nachzuweisen. Deshalb wurde ich eingeschleust. Mein Aufstieg zu seiner rechten Hand war ein Glücksfall und jetzt bin ich kurz davor, ihn zu stellen.«

»Und wir waren diesem Plan im Weg!«, flog Niko sie an.

»Ich hatte keine andere Wahl. Ihr seid da auf etwas gestoßen, was mich über ein Jahr intensive Arbeit gekostet hat. Ich konnte nicht riskieren ...«

»Meine Tochter liegt wegen dir im Krankenhaus, das Schiff ist völlig hinüber«, unterbrach Niko.

»Deine Tochter, oh scheiße.«

»Unsere Tochter«, korrigierte Julia.

Angelika blickte das Paar verwundert an, schüttelte den Kopf und sprach weiter.

»Okay, ich verstehe. Genau deshalb war ich zuvor im Krankenhaus. Ich bin bei Viktor Samoros zu seiner engsten Vertrauten aufgestiegen. Da kann ich mir keine Fehler leisten und nur das Beste daraus machen.«

»Das Beste daraus machen?«, keifte Julia und drohte ihr mit der Faust.

»Ja, das Beste. Die Alternative wäre gewesen, das Schiff in die Luft zu jagen ... mit euch allen an Bord.«

»Schlechte Alternative«, meinte Niko trocken.

»Diese Lieferung ist der Grund meiner ganzen Arbeit. Eine Lieferung von dieser Größenordnung, außerdem erwartet Viktor in ein paar Wochen den Besuch einiger Unterweltgrößen.«

»Das geht uns nichts an«, stellte Julia klar, »Wir wollen ein neues Schiff.«

»Das könnte ein Problem sein«, gestand Angelika.

»Diese Drogenstatuen sind schon in Europa unterwegs, wieso ist diese Lieferung so besonders?«, fragte Niko nach und erntete verwunderte Blicke.

»Woher weißt du ...?«

»Keine Zeit für lange Erklärungen.«

»Okay. Ja es gab schon mehrere Lieferungen, um die Kurierwege zu testen. Dieses Mal soll die Hauptlieferung an die Verteiler gesendet werden. Ihr habt eine Kiste gefunden, eine von insgesamt sechszehn. In jeder sind Drogen im Wert von ein paar Millionen Euro.«

Julias Mund blieb offenstehen.

»Genau deshalb kann ich im Moment nichts machen, außer euch zu raten: Vergesst das alles und lasst euch ja nicht blicken. Viktor Samoros geht über Leichen, das hat er schon mehrmals bewiesen. Alleine, dass ich mit euch rede, ist ein Risiko, das ich nicht gerne eingehe. Geht einfach und vergesst, was war.«

»Das wird Kira nicht gefallen.«

»Egal wem es gefällt oder nicht. Wenn ihr weiterleben wollt, solltet ihr euch die nächsten drei Wochen verkriechen.«

Niko lag mit seiner Vermutung richtig, Kira gefiel überhaupt nicht, was Julia und er zu berichten hatten. Sie trafen sich bei Kira zu Hause, wo sie sich in ihrem Zimmer verkrochen hatte. Während Julia erzählte, was es mit Angelika Spiegel auf sich hatte, hörte sie wortlos zu. Als Julia fertig war, dauerte es keine fünf Sekunden, bis Kiras explodierte. Wutentbrannt schmiss sie die Polster von ihrem Bett, sprang auf und schleuderte einige Bücher, die vor ihr auf dem Tisch lagen, durch den Raum.

»Diese verdammte Schlange, dieser Sohn einer ... Er und seine Verbrecher sollen ertrinken gehen. Ich könnte jedem Einzelnen den Hals umdrehen!«

Niko wich zurück und ließ sie toben, doch Julia konnte nicht lange zusehen. Sie packte die junge Frau, drückte sie an sich und redete minutenlang leise und beruhigend auf sie ein. Als Julia sie losließ, stand Kira mit Tränen in den Augen vor ihnen, atmete schwer, schien aber etwas zur Ruhe gekommen zu sein.

»Dieser Viktor Samoros ... wir werden uns genauer über ihn informieren«, meinte Niko, der nicht vorhatte, alles zu vergessen.

»Samoros? Was willst du über ihn wissen? Er ist einer der bekanntesten Männer auf Kreta, Geschäftsmann mit besten Beziehungen zur Politik«, meinte Kira.

»Und er ist der Gangsterboss, von dem alles ausgeht«, erklärte Julia.

Kira entdeckte eines der unzähligen Prospekte zu ihrer abgebrochenen Schiffsfahrt und fegte es vom Tisch.

»Mistkerl, verdammter! Wenn ich könnte, würde ich diesem ...«, fluchte sie lautstark.

Im selben Moment betrat Aléxandros das Zimmer.

»Was machst du denn für einen Lärm, Schwester?«

»Ich habe auch allen Grund dazu«, fauchte sie ihn an.

Julias Vorschlag, den restlichen Tag am Strand zu verbringen, schlug Kira aus. Sie wollte in Ruhe gelassen werden und ihr Zimmer nicht verlassen. Während Aléxandros zurück zu seiner Verlobten fuhr, entspannten Julia und Niko alleine am Strand. Niko war nicht in Stimmung, viel zu reden, vor allem nicht über Angelika Spiegel und ihren Boss. Julia versuchte, trotz der Aufregung, den Strand, das Meer und die Atmosphäre zu genießen, was ihr aber nicht gelang.

Das Abendessen im ›Porto Paradiso‹ und den Cocktail danach nahm das Paar ebenfalls alleine zu sich. Um ihn auf andere Gedanken zu bringen, erzählte Julia, dass ihr daheim nebenbei eine neue Geschäftsidee vorgelegt wurde.

»Stell dir vor, du buchst für jemanden ein Abenteuer, wie aus einem Film. Zum Beispiel einen Agententhriller, einen Survival-Trip, der schief läuft oder etwas ähnlich Verrücktes. Etwas, das von Anfang an völlig durchgeplant ist und den Protagonisten mitten in ein Szenario versetzt, von dem er glaubt, dass es real ist.«

»Das klingt absolut unmöglich, wahnsinnig kostspielig und ...«

»Und genau deshalb denke ich da an dich und deine verrückten Pläne. Einen Versuch ist es wert. Wenn wir zurück sind, setzen wir uns mit Geldgebern und ein paar Experten zusammen um die Möglichkeiten einzuschätzen.«

Verrückte Pläne, ja so einen hätte ich jetzt auch gerne, um Kira zu helfen und mich wegen Alison zu revanchieren.

Niko saß bereits bei Kaffee und einem Omelett in der Strandbar, als Kira, Manos und Aléxandros erschienen und sich zu ihm gesellten.

»Guten Morgen! Wo ist deine Frau?«, fragte Kira, etwas beruhigter als tags zuvor.

»Sie holt gerade Alison ab. Es geht ihr schon besser, sie soll aber noch für einige Zeit die Sonne meiden und vor allem tagsüber im Zimmer bleiben.«

Kira berichtete von ihrem gestrigen Telefonat, bei dem sie mit der 4ocean-Organisation sprach.

»Die Reparatur ist so teuer, dass die Aktion wohl kaum fortgeführt wird. Nach eurer Begegnung mit dieser Kampfamazone werden wir nichts dagegen unternehmen können.«

Niko fiel auf, wie nervös Aléxandros war. Unruhig blickte er herum, wobei er Nikos Blick auswich und auf seine leicht zitternden Hände starrte.

»Wir können uns immer noch das Geld von Viktor Samoros holen«, meinte Niko.

»Natürlich«, antwortete Kira sarkastisch, »Legen wir uns einfach mal mit einem Schwerverbrecher an?«

»Lasst diese dummen Ideen«, mischte sich Aléxandros ein, »Ihr legt euch da mit dem Falschen an. Das ist doch kein Kinderspiel!«

Niko blickte auf. Aléxandros wirkte noch eine Spur nervöser.

Was verheimlichst du?

»Es wäre nicht das erste Mal, dass ich mich mit dem Falschen anlege.«

Manos und Kira schüttelten nur den Kopf, als ihnen die Erinnerungen hochkamen.

»Du redest von einem Gangsterboss, der überall auf Kreta seine Finger im Spiel hat«, meinte Aléxandros,

»Zusammen mit Angelika und seinen Schergen sind sie für mehr Verbrechen verantwortlich, als du ...«

Niko sprang auf, sein Sessel flog nach hinten. Unter überraschenden Augen umrundete er den Tisch, packte Aléxandros am Hals und zog ihn hoch.

»Mitkommen, wir müssen reden.«

»Aber ...«, wollte Kira protestieren, doch Nikos plötzlich wütender Blick ließ sie verstummen.

»Wir müssen reden, alleine«, wiederholte Niko und zog den eingeschüchterten Aléxandros mit sich. Er marschierte an der Bar vorbei auf den leeren Parkplatz, wo er Aléxandros gegen einen Baum schleuderte.

»Ich frage nur einmal!«, fuhr er den jungen Mann an.

»Was soll ... Bist du jetzt völlig ...?«

»Noch ein falsches Wort und du kannst dich selbst auf die Intensivstation einliefern lassen. Was weißt du?«

Aléxandros wollte etwas erwidern, doch Nikos Blick ließ ihn ängstlich zurückweichen.

»Was willst du wissen?«

»Angelika Spiegel, die rechte Hand von Samoros. Du weißt mehr als du bisher erzählt hast. Rede oder ...«

Aléxandros seufzte resignierend.

»Es gab Probleme beim Hausbau. Meine Finanzen sind geschrumpft ... Denise verdient nicht gerade viel und im Krankenhaus gibt es Kürzungen, weniger Zuschläge und ...«

»Spul etwas vor«, meinte Niko bissig.

»Ich habe über einen Kollegen von einem Geldverleiher erfahren.«

»Einem Kredithai? Und du warst so blöd, dich darauf einzulassen?«

Aléxandros nickte. Niko deutete ihm mit der Hand, fortzufahren.

»Er stellte den Kontakt her, ich bekam das Geld und alles schien in Ordnung. Aber dann ...«, Aléxandros trat von einem Fuß auf den anderen, »Dann bekam ich Besuch. Einer von Samoros Typen hat mich zu einem Botengang gezwungen.«

»Botengang?«

»Ein Paket entgegennehmen und es jemanden anderen aushändigen. Nichts Großartiges, völlig ...«

»Du wurdest zum Drogenkurier!«, unterbrach ihn Niko aufbrausend.

»Das habe ich auch gedacht. Ich wollte raus aus dem Ganzen, aber diese Frau, Angelika, hat mich aufgesucht und mir gedroht. Eines Abends wurde ich nach dem Dienst von ihr vor dem Krankenhaus abgeholt und zur Villa von Viktor Samoros gebracht. Die haben mir gedroht, wenn ich nicht bis Ende des Monats das Geld besorge, oder mich für weitere Botengänge zur Verfügung stelle ... Sie wissen von Denise und ...« Aléxandros schluckte.

»Und wie gedenkst du, das Geld zurückzuzahlen?«

Aléxandros sah beschämt zu Boden.

»In drei Wochen ist ein Casino-Abend, organisiert von Viktor Samoros. Es ...«

»Casino?«, unterbrach Niko und packte Aléxandros am Kragen, »Ernsthaft?«

»Es findet in einem ehemaligen Lokal einige Kilometer von hier entfernt statt. Ich habe von einer Person aus seinem Umfeld eine Einladung erhalten und werde ...«

Er zog den jungen Mann zu sich, sah ihm einige Sekunden lang nur stumm an, bevor er ihn zurück gegen den Baum stieß.

»Wie verzweifelt musst du sein, um auf einen Gewinn im Casino zu hoffen? Was hast du dir gedacht, einen

Jackpot bei den Automaten oder hellseherische Fähigkeiten am Roulette-Tisch?«

»Pokern«, meinte Aléxandros leise.

»Wie bitte?«, fuhr in Niko an.

»Es gibt ein Pokerturnier und ...«

»Das kann nicht dein Ernst sein! Kannst du überhaupt pokern, hast du Erfahrung?«

»Ich habe mir Videos angesehen und Bücher gelesen, die Regeln gelernt.«

Bislang hatte sich Niko zurückhalten können, doch nun flog seine Hand vor. Mit der flachen Hand kassierte Aléxandros eine Ohrfeige, die ihn zur Seite und beinahe zu Boden schickte.

»Du lernst erst die Regeln und glaubst bei einem Turnier eine Chance zu haben? Ohne jemals tatsächlich gespielt zu haben? Natürlich, ein paar Filmchen schauen und ein schlaues Buch lesen und schon bist du Pokerprofi.«

Aléxandros wich vor Niko zurück, sein ganzer Körper zitterte. Auch Niko zitterte, weil es ihm immer schwerer fiel, sich zusammenzureißen. Er holte tief Luft, schloss für einen Moment die Augen.

»Weiß Denise Bescheid?«

Aléxandros schüttelte den Kopf.

»Von wie viel Geld sprechen wir?«

Aléxandros sah ihn an, wollte antworten, wich aber erneut zurück.

»Wie viel?«, bohrte Niko nach.

»Inzwischen über 30.000«

Niko riss die Augen auf.

»Wie das?«, wunderte er sich über den hohen Betrag.

»Zinsen und ...«, Aléxandros schluckte.

Niko schlug die Hände vor sein Gesicht.

»Du hast schon Geld bei diversen Glückspielen verloren«, vermutete er. Aléxandros Schweigen reichte ihm als Bestätigung.

»Wissen Kira oder deine Eltern davon?«

»Nein«, flüsterte Aléxandros kleinlaut.

Mit geballten Fäusten stand Niko vor ihm, schnaubte mehrmals und sah Aléxandros mit wütendem Blick an.

Ein ganz normaler Urlaub mit meiner Verlobten, mehr nicht. Mehr wollte ich nicht, fluchte Niko in Gedanken.

»Wo ist diese Villa von Samoros?«

»Im Süden, eine alte Festung direkt über dem Meer. Nahezu jeder auf Kreta kennt sie, aber niemand kann hinfahren. Ein großes Gebiet rund um die Festung gehört zum Privatgrund von Viktor Samoros.«

»Lass uns zurückgehen.«

Aléxandros sah ihn mit großen Augen an.

»Kein Wort, zu niemand!«, befahl Niko streng, drehte sich um und marschierte zurück.

»Was war das?«, fragte Kira, als sich Niko und Aléxandros wortlos zum Tisch setzten.

»Privatangelegenheit. Ich mache nachher einen Ausflug.«

»Ausflug?«, wunderte sich Kira und blickte von Niko zu Aléxandros.

Niko stand auf.

»Eine Sightseeingtour.«

Aléxandros wollte etwas erwidern, doch Nikos Blick genügte, um ihn ruhig zu stellen.

»Niko, was hast du vor?« Kira spürte, dass etwas nicht stimmte.

»Ich werde der Villa unseres Gangsterbosses einen Besuch abstatten.«

 Jeder Versuch, Niko umzustimmen, war sinnlos. Deshalb versuchte Kira, Julia zu überzeugen, die zwar sofort zu ihnen kam, aber nach einer kurzen Unterhaltung unter vier Augen eingestehen musste, dass Niko sich nicht von seinem Vorhaben abbringen lassen wollte. Dafür entschied sie, mitzukommen.

Niko übernahm das Steuer, Julia versuchte vom Beifahrersitz aus, beruhigend auf ihn einzureden. Auf dem Rücksitz hatten Kira und Manos Platz genommen und blieben still. Ihr Ziel hatte Niko auf seinem Navi eingegeben, sie wurden quer über die Insel an die Südküste geleitet.

»Unter anderen Umständen wäre das ein schöner Trip, um die Unterschiede der Insel zu entdecken«, kommentierte Julia die sich ändernde Umgebung. Von der Küstenstraße bogen sie auf eine schmale Alphaltstraße ein, die sich durch mehrere Ortschaften schlängelte. Dabei wurde schnell deutlich, dass sie sich abseits von den typischen touristischen Gegenden bewegten. Die weiß gestrichenen Häuser waren schlicht, die Holztüren nur selten modern, dafür meistens offen. Auf dem schmalen Gehsteig standen kleine Tische mit zwei oder drei Stühlen. Dort versammelten sich entweder die Herren in dunklen Gewändern und plauderten, fast jeder mit einem Komboloi in der Hand. Die Ketten mit unterschiedlichsten Perlen dienten den Männern Kretas als Zeitvertreib oder Zigarettenersatz.

Landschaftlich änderte sich das Bild von grünen Feldern und Wäldern zu Steinwänden und Berglandschaften. Sie durchquerten auf einer serpentinenartigen Straße eine Schlucht, nach der sich vor ihnen ein grandioser Blick über lange Felder bis zum Meer bot.

»Erinnerst du dich,«, fragte Julia, »wie du mir versprochen hast, dass wir in unserem ersten gemeinsamen Urlaub eine Rundfahrt über die ganze Insel machen?«

»Ich halte meine Versprechen«, gab ihr Niko als Antwort.

»Ich habe mir darunter etwas anderes vorgestellt«, meinte Julia mit spöttischem Unterton.

Zwei Stunden später hielt Niko den Wagen vor einem Metallschranken, der den staubigen Weg den Berg hinauf versperrte. Zu beiden Seiten ragten die blanken Felsen meterhoch hinauf. Unweit des rostigen, aber massiven Schrankens stand eine halb verfallene Holzhütte.

»Und jetzt?«, fragte Kira.

»Wir könnten mit Schwung durchfahren.«

»Nein Niko, das können wir nicht! Keine verrückten Aktionen, verstanden?«, stellte Kira klar.

Wortlos stieg Niko aus und ging auf das Holzhaus zu.

Als er hinter sich eine Wagentür hörte, rief er, ohne nachzusehen: »Sitzenbleiben!«

Vor ihm kam ein Mann aus der Hütte, einen Kopf größer als er, muskulös und mit einem alten Sturmgewehr in der Hand. Eine dicke Narbe zog sich über seine rechte Wange, sein sonnengebräuntes Gesicht wirkte durch die dunkelgelben Zähne und den schwarzen, kurzgeschorenen Haaren noch bedrohlicher.

»Das ist Privatgebiet, verschwindet.«

»Ich möchte nur höflich fragen, ob wir die Straße benutzen dürfen und zur Festung hinauf ...«

»Verstehst du nicht? Privat heißt, hier kommt keiner durch! Macht einen Abflug oder muss ich euch Feuer unterm Hintern machen?«

Niko wandte sich dem Wagen zu.

»Siehst du, mit Höflichkeit kommt man nicht immer weiter«, rief er Kira zu.

Im nächsten Augenblick drehte er sich um, riss einen Fuß hoch und traf sein Gegenüber im Gesicht. Mit Wucht landete er einen präzisen Treffer an der Schläfe, die diesen augenblicklich bewusstlos zu Boden gehen ließ.

»Und deshalb gibt es meine Methode.«

Die Tür der Hütte wurde aufgestoßen und ein weiterer Mann stürmte mit einer Pistole in der Hand heraus.

»Was soll der Scheiß, bist du lebensmüde?«, schrie er und zielte auf Niko.

Erst jetzt fiel Niko auf, wer zuvor trotz seiner Anweisung, das Auto verlassen hatte. Julia hatte sich zur Hütte geschlichen und war auf das Dach geklettert. Nun hockte sie über dem Mann und sprang auf ihn herab. Vor Überraschung fiel ihm seine Waffe aus der Hand. Julia schlang ein Bein um seinen Hals, mit dem anderen drückte sie ihr Bein fest zusammen, während sie sich nach hinten fallen ließ. Der Größenunterschied zwischen Julia und dem Mann machte es ihr möglich, sich mit den Händen auf dem Boden abzustützen. Gleichzeitig sorgte ihre Beinpresse dafür, dass dem Mann die Luft genommen wurde. Erfolglos griff er nach ihrem Oberschenkel und versuchte die Umklammerung zu lösen, doch Julia hatte zu viel Kraft in ihren Beinen.

Niko kam näher, legte seinen Kopf schief und sah ihn amüsiert an.

Mit einem letzten Aufbäumen versuchte der Mann nach Niko zu schlagen, doch der kraftlose Schlag sorgte nur für ein schelmisches Grinsen bei Niko.

»Interessante Variante eines Triangle Chokes«, stellte er anerkennend fest.

»Damit kommt ihr nicht durch«, keuchte der Mann, dessen Stimme heiser wurde. Er schwankte, aber noch konnte er sich auf den Beinen halten.

»Du wirst blau. Bevor du wegkippst, nur eine Kleinigkeit ...«

»Dafür wirst du ...«

Ein Faustschlag von Julia, der genau zwischen seinen Beinen landete, nahm ihm die letzte Luft. Sein Schmerzensschrei war nur noch ein Krächzen, bevor er zu Boden sank.

»Etwas übertrieben aber sehr effektiv«, sagte Niko und half Julia auf.

»Ihr seid doch beide verrückt«, meinte Kira kopfschüttelnd.

»Sweet but psycho«, flüsterte Manos.

Es gab nur eine kurze Diskussion, ob Niko alleine zur Festung schleichen würde.

»Ich gehe, ihr wartet. Nicht hier, sondern unten am Strand. Kein Widerspruch«, stellte er klar und machte sich auf den Weg. Flink sprintete er auf der steinigen Straße den Hügel hinauf. Als die Mauern der Festung in Sichtweite waren, lief er neben der Straße, wo ihm die Bäume Deckung gaben.

Die Straße führte zu einem massiven, drei Meter hohen Holztor, welches von drei Männern mit Sturmgewehren bewacht wurde. Niko versteckte sich hinter einem dicken Baum und beobachtete.

Obwohl sich alle drei Türsteher sichtlich langweilten, blickten sie immer wieder über die Straße und zu allen Seiten. Der direkte Weg war zu riskant, deshalb schlich Niko an der Steinmauer entlang. Er schätzte die Höhe auf zehn Meter und suchte nach einer Möglichkeit, ins Innere zu gelangen.

Bingo!

Niko hatte eine Stelle gefunden, an der er eine Chance sah, über die Mauer hinaufzuklettern. Zu beiden Seiten standen Bäume und Sträucher, die ihm auf den ersten Metern Schutz bieten würden. Ohne viel darüber nachzudenken, griff Niko nach dem ersten Stein und begann zu klettern.

Manos parkte den Wagen an einem unbesuchten Kiesstrand. Von ihrem Platz aus sahen sie die Festungsmauer, die direkt an den Klippen gebaut worden war, die blanken Felsen sorgten für einen furchterregenden Eindruck.

»Wie lange wird Niko wohl weg sein?«

»Solange er sich nicht erwischen lässt«, meinte Julia. Obwohl sie es versuchte, konnte sie ihre Sorge nicht verbergen.

»Wir können nur warten. Aber so wie ich Niko kenne, wird er auftauchen und uns erzählen, wie einfach es war, dort herumzuspionieren. Ich frage mich nur, wonach genau er sucht.«

Diese Frage konnte Manos keiner beantworten.

Vereinzelt hervorstehende, quadratische, raue Mauerblöcke boten genug Möglichkeiten, um die Balustrade zu erklimmen. Ohne erwischt zu werden, gelang es Niko, die Wand emporzusteigen, bis er den Rand erreichte und vorsichtig hinüberlugte. Auf seiner Seite war der Gang leer, ein ein Meter hoher Steinzaun bot Schutz, um ungesehen hinaufzuklettern.

Niko blieb tief in der Hocke und schlich zur Brüstung. Zu seiner linken sah er das Herrenhaus, ein für Griechenland untypischer Villenbau in dunkelroter Farbe. Die vielen Fenster der Fassade waren weiß gestrichen.

Das sind mindestens drei Stockwerke, mutmaßte Niko. Ab dem zweiten Stock hatte man freie Sicht auf das Meer, da die Festung direkt an den Klippen stand. Im obersten Stock, mittig der Villa, befand sich vor einer Doppelglastür ein großzügiger Balkon, umrandet von einem weißen Geländer. Auf diesem befanden sich mehrere meterhohe Palmen, in deren Schatten leere Sonnenliegen standen.

Die Villa nahm beinahe die komplette Länge der Festungsmauer ein, eine kleine Garage grenzte an das Haus. Das Garagentor war geöffnet, so konnte Niko einen Pickup und einen Sportwagen darin erkennen.

Nettes Gefährt. Aber ein Porsche alleine reicht nicht als Zahlung.

Im quadratischen Innenhof stand eine Gruppe von vier Männern im Schatten des einzigen Baumes, alle mit Sturmgewehren bewaffnet. Wenige Meter entfernt fiel ihm ein kleiner Steinbau auf, dessen Metalltür selbst auf die Entfernung äußerst massiv wirkte. In der Festungsmauer dahinter befand sich ebenfalls eine Stahltür, die zu einer schmalen Zufahrt hinter der Festung führte.

Ansonsten schien die massive Mauer der Anlage bis auf das Einfahrtstor keine weiteren Zugänge aufzuweisen. Nahe der Mauer, direkt an der Steilküste standen einige Holzschuppen. Unter einigen sah er Motorräder, bei anderen hingen Gartengeräte an den Wänden. In einer Ecke war ein Ziegelbau als kleine Werkstatt aufgebaut.

Niko blickte zum Steinbau zurück, der mitten auf dem Innenhof platziert war.

In diesem sind sicherlich keine Gartenutensilien untergebracht.

Niko tauchte wieder hinter der Mauer unter. Durch ein Loch sah er sich den Weg in Richtung Villa an und überlegte, wie sicher es war, in die Villa einzusteigen.

Seine Gedanken wurden unterbrochen, als er kühles Metall an seinem Hinterkopf spürte.

»Fuck!«, fluchte er, den Lauf einer Waffe spürend.

»Peng und du bist tot«, flüsterte eine Frauenstimme hinter ihm.

Zu dritt saßen sie auf einem umgefallenen Baumstamm und starrten auf das Meer hinaus. Sanfter Wellengang, der Himmel war eine einzige blaue Fläche, nicht eine Wolke war zu sehen. Ein einzelnes Schiff war auf dem Wasser unterwegs, so nah, dass sie zwei Personen an Bord erkennen konnten.

»Unter anderen Umständen ein perfektes Postkartenmotiv«, überlegte Manos laut.

»Ich bin offen für Sightseeing-Touren ... aber nicht jetzt«, antwortete Julia.

Kira beobachtete das Schiff, einen Fischkutter und musste an die ›OPR 2 Kríti‹ denken.

»Er wird nichts machen können«, flüsterte sie deprimiert.

»Vielleicht fragt er höflich um einen finanziellen Zuschuss«, meinte Manos. Doch sein versuchter Witz brachte niemand zum Lachen.

»Ihr kennt Nikos Höflichkeit«, sagte Julia mit einem besorgten Blick zur Festung hinauf.

Angelika nahm die Waffe hinunter und hockte sich neben Niko.

»Du verdammter Idiot! Habe ich nicht gesagt, dass ihr euch von Samoros und seinen Machenschaften fernhalten sollt? Wenn man dich entdeckt, tötet man dich einfach, ohne Fragen zu stellen.«

»Es hat mich aber niemand ...«

»Niemand entdeckt? Ach wirklich, bin ich niemand?« Mit einem Blick über die Brüstung vergewisserte sie sich, dass sie keiner bemerkt hatte.

»Du musst hier weg, sofort.«

»Was ist hinter der Stahltür?«

»Hörst du überhaupt zu? Wenn dich jemand ...«

»Verrate mir, was sich dort unten befindet und ich bin weg.«

Angelika schnaubte wütend auf.

»Was wohl? Drogen, in handliche, unauffällige Formen gepresst. Und bevor du fragst, ja, es wäre leicht, jetzt zuzugreifen. Aber in zwei Wochen, wenn Viktor seinen Casino-Abend veranstaltet, kommen einige der großen Verteiler. So haben wir die Chance mit einem Zugriff eine ganze Reihe an Drogenhändler hochzunehmen und das gesamte Netzwerk beträchtlich zu schwächen.«

»Die Drogen sind mir egal.«

»Ja, dich würde der Saferaum mehr interessieren. Der Raum befindet sich ebenfalls dort unten, aber niemand darf alleine hinein. Beim Einlagern der Statuen waren wir zu viert.«

Sie verstummte und drückte Niko gegen die Wand. Auf der gegenüberliegenden Seite marschierte ein Mann in ihre Richtung.

»Und jetzt?«, flüsterte Angelika wütend.

»Ich verschwinde.«

Niko schlich ohne einen weiteren Kommentar zurück. Angelika deutete ihm, zu warten.

»Da kommt gleich noch einer. Du musst wieder über die Mauer.«

Niko nickte ihr zu und schlich zu der Stelle, an der er hinaufgestiegen war. Er holte einmal tief Luft und erhob sich, um schnell über die Mauer zu steigen.

»Hey! Wir haben Besuch!« Die Stimme kam von der Mauerecke, wo plötzlich einer der Wachen auftauchte.

Angelika reagierte ebenso schnell, sprang auf und rannte zu Niko.

»Der Typ gehört mir! Ich habe ihn gleich.«

Sie packte Niko und drückte ihn gegen die Wand.

»Wehr dich«, flüsterte sie ihm zu, während sie seinen Hals packte. Obwohl sie nicht fest zudrückte, spürte Niko, wie ihm der Griff die Luft raubte. Er schlug ihre Hand zur Seite, Angelika ließ sich dabei zurückwerfen, als hätte er ihr einen ordentlich festen Hieb verpasst.

Hastig rannte er los, eine Leiter vor ihm schien eine Möglichkeit, auch wenn sie in den Innenhof führte.

Zum Abstieg bei der Mauer komme ich nicht rechtzeitig!

Niko schwang sich auf die Leiter und nutzte sie zum Hinabgleiten. Kaum hatte er den Boden erreicht, rannte Niko an der Mauer entlang. Aus der Villa stürmten zwei weitere Männer heraus.

»Fangt ihn ein!«, rief Angelika.

Hinter dem Unterstand sah er eine Holztür in der Festungsmauer.

Ein Hinterausgang!

Niko sprintete los, zog die unverschlossene Tür auf und schlüpfte hindurch. Dabei wäre er beinahe ins Leere gestiegen.

Er hatte nicht mehr als einen Meter Platz, stand direkt an der Steilküste, die hinab zum Meer führte. Der Vorsprung war zwanzig Meter über dem Meer, die Felsenwand glatt mit einigen Vorsprüngen. Hinter ihm hörte er Stimmen. Rechts und links verhinderten in einiger Meter Entfernung Felsen ein Weiterkommen. *Fuck*, fluchte Niko und sah auf das Meer. Das Schiff, welches er in der Nähe der Küste sehen konnte, würde ihm nicht helfen können.

»Wir haben genug geangelt. Mit dieser Ausbeute haben wir für die nächsten Tage mehr als genug Fisch.«

Der Mönch blickte zu seinem Ordensbruder. Zu zweit waren sie mit ihrem Fischkutter hinausgefahren, um für ihr nahe gelegenes Kloster Fische zu fangen.

»Ich gebe dir Recht. Übernimm das Steuer, ich werde an Bord sauber machen.«

Kurz darauf standen die beiden Männer nebeneinander am Steuerrad. Nach einigen Minuten Stille drehte sich der Mönch zu seinem Ordensbruder.

»Du bist so schweigsam. Was beschäftigt dich?«

»Nichts. Es ist alles in Ordnung.«

»Du sollst nicht lügen.«

»Ich kenne die Zehn Gebote.«

»Es geht um deinen leiblichen Bruder.«

Der Angesprochene lächelte sanft.

»Gut erkannt.«

»Er ist wieder auf die Insel gekommen.«

»Ich weiß. Er hat mir Bescheid gegeben und möchte mich mit seiner Freundin besuchen. Oh, dieses Mädchen habe ich seit Ewigkeiten nicht mehr gesehen.«

»Bei seinem letzten Besuch gab es ein Chaos. Wird es dieses Mal wieder passieren?«

»Ich hoffe nicht, Bruder Janos.«

»Dein Wort in Gottes Ohren, Bruder Stefanos.«

Stefanos blickte zum Strand, wo er drei Personen erkennen konnte. Er konnte das Gefühl nicht loswerden, dass sein Bruder wieder Aufsehen erregen wurde.

Die Tür wurde aufgerissen und zwei Männer mit Gewehren stürmten auf den schmalen Grat hinter der Festungsmauer.

»Wo ist er?«

»Entweder gesprungen oder nicht hier gewesen.«

Sie blickten zu den Felsen, die mit der Mauer verschmolzen.

»Da kann keiner hinüberklettern. Er muss sich woanders verstecken.«

»Findet ihn, sonst bekommt ihr es mit mir zu tun«, schrie Angelika hinter ihnen.

Die Tür knallte ins Schloss. Einen Meter unter dem schmalen Vorsprung blies Niko langsam die Luft aus. Seine Knie waren in einer Spalte eingeklemmt, mit den Händen presste er sich gegen die Felswand und war vom Vorsprung aus nicht zu sehen. Regungslos wartete er, spürte den warmen Windhauch im Gesicht und sog die salzige Meeresluft ein, bis er sich sicher war, dass seine Verfolger verschwunden waren. Erst dann löste er vorsichtig eine Hand und testete, ob seine Beine fest genug verkeilt waren. Der Druck auf seine Oberschenkel war auszuhalten, somit ließ er beide Hände sinken, lehnte sich zurück und riskierte einen Blick nach unten.

Zwanzig Meter mindestens, großteils eine flache Wand. Bei einem Absturz würde ich vielleicht sogar bis zur Wasseroberfläche überleben.

Die senkrechte Wand unter ihm war völlig vegetationsfrei, weit und breit konnte er nur blanken Stein sehen. Erbarmungslos brannte die Sonne auf ihn herab und sorgte dafür, dass die aufgeheizte Steilwand Niko zusätzlich zum Schwitzen brachte. In Nikos Höhe wechselten sich helle Brauntöne ab, je weiter er hinunterblickte, wurden die Felsen dunkler. Die

Felsenformation endete im Meer, in einiger Entfernung befand sich neben einer schmalen Schotterstraße ein kleiner Strand.

Die Situation erinnert mich an etwas, doch er kam nicht darauf.

Nachdem er sich sattgesehen hatte, schüttelte er seine Hände und tastete sich zentimeterweise hinauf. Als er festen Halt fand, erhob er sich langsam.

Verdammt glatt hier, dachte Niko, im nächsten Moment spürte er, wie der Stein unter seinem linken Fuß nachgab.

Oh Shit!

Die linke Hand rutschte ab und Niko drohte, zur Seite zu kippen. Nochmals in die Spalte zu flüchten war keine Option mehr. Augenblicklich schoss das Adrenalin durch seinen Körper und verdrängte seine Angst. Seine einzige Chance sah er zu seiner Rechten in zwei Meter Entfernung, unterhalb seiner Position. Mehrere herausstehende Steine, raue Flächen, die vielleicht Halt boten.

Nur ein kleiner Sprung nach rechts ... In einer Höhe von über zwanzig Meter. Vollkommen verrückt.

»Seht ihr das?«

»Da ist jemand, oder?«

»Hängt da jemand an der Wand?«

Gebannt blickten Julia, Kira und Manos die kahlen Felsen hinauf bis zu einem kleinen Vorsprung und den Steinmauern der Festung.

Kira holte ein Fernglas aus dem Wagen, das ihr Julia aus der Hand riss.

»Das wird doch nicht ...«, sagte Kira besorgt.

»So verrückt ist nicht mal er«, meinte Julia und blickte durch das Fernglas hinauf.

Sie sah eine Gestalt, die mit ausgebreiteten Armen an der Wand hing. Sie sah, wie sich ein Arm bewegte, stellte das Glas schärfer und erkannte ihren Verlobten.

»Fucking Prick! Dieser verrückte Typ ist doch lebensmüde. Was macht der Idiot da?«, fluchte sie lautstark.

»Niko?«, fragte Manos vorsichtig nach.

Julia nickte.

»Garantiert, wer sollte sonst so verrückt sein?«, tobte Kira.

»Was macht er da, spielt er jetzt Ethan Hunt?«, fragte Manos.

»Wen?«

»Ethan Hunt, Tom Cruise in Mission Impossible 2. Dort ist der Schauplatz aber Australien und ...«

»Schlechter Zeitpunkt!«, unterbrach ihn Kira und gab ihm gleichzeitig einen Stoß in die Rippen.

»Oh Gott, er rutscht ab!«, schrie Julia entsetzt auf.

Niko hatte weder Zeit noch eine Wahl, wenn er nicht abstürzen wollte. Er spannte seine Muskeln an, stieß sich ab und sprang.

Obwohl es nur zwei Sekunden waren, kam es ihm vor, als würde sich die Zeit verlangsamen, während er an der Wand entlangflog. Ein kleiner Vorsprung kam näher, Niko erkannte mehrere Möglichkeiten und griff zu. Eine Hand landete in einer Spalte, mit der anderen griff er daneben. Ebenso spürte er einen Widerstand unter einem Fuß. Niko knallte durch den Schwung mit dem Rücken gegen die Wand. Seine Hand rutschte über lose Steine und krallte sich an einer kleinen Kante fest.

»Springt er etwa?« Kira konnte selbst ohne Fernglas erkennen, wie Niko zur Seite sprang.

Julia war kreidebleich im Gesicht.

»Ja ... Er ist gesprungen und hängt wieder.«

Gebannt starrten sie hinauf.

»Wie soll er von dort runterkommen?«, überlegte Kira laut.

»Keine Ahnung«, flüsterte Julia angsterfüllt.

»Können wir ihm nicht helfen? Hinfahren und ...«, schlug Manos vor.

»Anklopfen und freundlich nachfragen?«, keifte Julia.

»Und jetzt?«, fragte Kira, erhielt aber keine Antwort.

Und jetzt?
Die ausgestreckten Arme klammerten sich an den Felsen, ein Fuß hatte auf einem schmalen Felsen Platz gefunden, der zweite hing in der Luft.
Ein Fuß, zwei Hände, das muss reichen, dachte Niko, darum bemüht, sich gegen den Felsen zu pressen.
Trotz Sonnenbrille blendete ihn die Sonne. Die Aussicht war traumhaft, das Meer glitzerte bis zum Horizont. Nur eine kleine weiße Wolke schimmert auf dem ansonsten hellblauen Himmel. Das kleine Schiff schien die Küste anzusteuern und am Strand glaubte er, eine kleine Gruppe Menschen zu erkennen.
Ein schönes Postkartenmotiv, aber langsam unbequem.
Seine Finger schmerzten und gaben ihm immer weniger das Gefühl der Sicherheit. Trotz einer guten Sohle spürte er unter seinem Fuß, wie der Felsvorsprung zu bröseln begann. Lange konnte er sich nicht mehr halten, das war ihm bewusst. Soweit er konnte, drehte er seinen Kopf zur Seite, nur um festzustellen, dass ein weiteres Klettern unmöglich war.
Es gibt wohl nur eine einzige Möglichkeit, musste er sich eingestehen und blickte hinab.
Die Felswand bot keine hervorstehenden Felsen, die seinen Sturz abrupt stoppen konnten. Außerdem glaubte er die Gruppe Personen, die auf dem nahegelegenen Sandstrand beisammenstand, zu erkennen.
Das könnten Julia, Kira und Manos sein.
Niko schloss die Augen und holte tief Luft. Dabei sog er die salzige, warme Luft ein und spannte seinen Körper an.
Das wird ein neuer Höhepunkt an Verrücktheit, war er sich sicher.

Entschlossen riss er die Arme nach vor und stieß sich kraftvoll mit beiden Beinen von der Wand ab. Sein Körper segelte einige Meter von der Felswand nach vorne, bevor er die Schwerkraft spürte. Wie ein Stein stürzte er in Richtung Meer, überschlug sich mehrmals, bevor er seinen Körper unter Kontrolle brachte. Erinnerungen an seinen Fallschirmsprung über Schottland kamen hoch. Doch dieses Mal waren es weitaus weniger Höhenmeter und er hatte eine Chance auf eine Landung, die er überleben konnte.

Sein Flug schien länger zu dauern, seine Gedanken rasten wie wild. Er konzentrierte sich auf all die Techniken, die er gelesen hatte, um genau solche Situationen zu bestehen.

In der Theorie klang das alles so einfach.

Der Wind sauste in seinen Ohren, dennoch glaubte er, einen Schrei zu hören. Sein letzter Blick galt der Felsenwand. Er war weit genug entfernt, stellte er leicht beruhigt fest.

Mit den Beinen voran und geradem, steifen Körper, landete tauchte Niko ins Wasser und ein. Ein starker Schmerz zuckte durch seine Beine, seine Sonnenbrille wurde ihm vom Gesicht gerissen. Kaum war er völlig untergetaucht, breitete er die Arme aus. Das Wasser bremste sein Abtauchen, gleichzeitig spürte er den größer werdenden Druck in seinen Ohren.

Ich lebe und bin bei Bewusstsein.

Als weiteren Vorteil verbuchte er, dass er eine Abkühlung bekam.

Langsam bewegte Niko seine Beine, um wieder an die Oberfläche zu gelangen. Auch wenn das Salzwasser in den Augen brannte, musste Niko sie öffnen, um sich zu orientieren. Die rettende Oberfläche kam näher, er machte schnellere Schwimmbewegungen, seine Lunge brannte.

Keine Ahnung, wie tief ich eingetaucht bin, aber ich habe es überlebt ..., wenn ich es nach oben schaffe.

Nach Luft japsend, schoss er aus dem Wasser hinaus und ließ sich auf den Rücken ins Wasser fallen. Mit ausgebreiteten Armen lag er auf dem Wasser und japste nach Luft, den Blick zur Festung gerichtet.

»Das ist mit Abstand das Verrückteste, was ich bislang gemacht habe.«

»Verrückt und lebensmüde!«, rief ihm eine Stimme zu.

Niko drehte sich zur Seite, wo ein kleines Schiff in seiner Nähe im Wasser schaukelte. An der Reling blickte sein Bruder Stefanos zu ihm herab.

»Du hättest auch einfach ins Kloster kommen können, um mich zu besuchen.«

»Das wäre doch nur der halbe Spaß gewesen, Bruder«, antwortet Niko.

Neben ihm trieb seine Sonnenbrille im Wasser.

»Her mit dir«, meinte er, griff zu, setzte sie auf und schwamm dem Boot entgegen.

Nachdem Stefanos und Bruder Janos ihn an Bord geholt hatten, umarmten sich die Brüder zunächst lange.

»Schön dich wiederzusehen, kleiner Bruder.«

Er hielt Niko an den Schultern und sah ihn mit ernster Miene an.

»Hast du wieder Ärger am Hals?«

»Noch nicht.«

»Aber du planst etwas und es wird für Aufsehen sorgen.«

»Davon ist auszugehen.«

Stefanos verpasste Niko einen sanften Kinnhaken.

»Das habe ich befürchtet. Brauchst du Hilfe?«

»Von dir? Sehr gerne.«

Nikos Bruder legte den Arm um Niko.

»Ich habe damit gerechnet. Worum geht es dieses Mal?«

»Ein Schiff, Umweltschutz, Drogen und eine Menge Geld.«

Stefanos konnte nur ungläubig den Kopf schütteln.

»Wie hätte es auch anders sein können?«

Vom Strand aus hatten Kira, Manos und Julia mitbekommen, dass Niko den Sprung heil überstanden hatte und auf das Schiff geklettert war. Angespannt sahen sie das Schiff näherkommen. Niko und die Person neben ihm winkten ihnen zu, doch noch erkannte niemand, um wen es sich handelte.

»Er hat wohl neue Freunde gefunden«, sagte Julia, als Kira plötzlich überrascht und freudig aufschrie.

»Das kann doch kein Zufall mehr sein! Dieser verrückte Hund!«

Manos lachte auf.

»Nikos Schicksal liegt in seiner Verrücktheit! Und wieder treffen sie sich nach einem Sprung ins Wasser.«

Julia sah das Paar verwundert an, dann erneut zum Schiff und erkannte letztendlich die Person.

»Stefanos! Ich hätte ihn beinahe nicht wiedererkannt, nach so vielen Jahren.«

Niko und Stefanos sprangen von Bord ins seichte Wasser und liefen zu den anderen. Nachdem Julia Niko umarmte und einen langen Kuss gab, schob sie ihn weg und musterte ihn von Kopf bis Fuß.

»Alles okay?«, fragte sie besorgt.

»Ja, es war …«

Eine heftige Ohrfeige, die Niko zur Seite schleuderte, unterbrach ihn mitten im Satz.

»What the fuck!? Bist du noch halbwegs bei Verstand? Was hast du dir dabei gedacht?«, schrie ihn Julia an.

Niko blickte von ihr hinauf zur Festung.

»Der Fußmarsch zurück war mir zu lang.«

»Wie bitte?«, fauchte sie,

»Okay, ich wollte eine Abkühlung, besser?«

Julia schnaubte ihn wütend an.

»Weißt du eigentlich, wie gefährlich dein Klippensprung war? Das sind locker zwanzig Meter, noch dazu in unbekanntes Gewässer.«

»Die Alternative wäre unschöner gewesen.«

»Trotzdem ...«, Julia schnaubte und drehte sich weg, »Du kannst mich mal ...«

»Nicht jetzt, aber am Abend vielleicht«, fiel ihr Niko ins Wort. Sie riss den Kopf herum und funkelte ihn böse an.

»Bevor ihr zwei euch hier weiter austobt, was genau ist passiert?«, fragte Kira.

Niko berichtete von seinem Ausflug und der Unterhaltung mit Angelika.

»... und den Rest habt ihr gesehen. Stefanos hat mich aufgesammelt und hier stehen wir nun.«

Stefanos wandte sich an Julia.

»Diesen Rotschopf erkenne ich auch nach all den Jahren wieder. Schön, dich wiederzusehen, Julia.«

Bruder Janos kam ebenfalls an Land, in der Hand zwei Flaschen Raki.

»Wie geht es eurer Tochter? Ich hätte nicht gedacht, so spontan Onkel zu werden«, meinte Stefanos und öffnete eine der Flaschen.

»Das ist der Grund für den bevorstehenden Ärger.« Niko nahm seinem Bruder die Raki-Flasche ab und nahm einen Schluck.

Zusammen setzten sie sich auf den Baumstumpf am Anfang des Strands und Niko begann von den Vorkommnissen, die ihn bis hierhergebracht hatten, zu erzählen. Die Flasche wanderte derweilen im Kreis.

Als er fertig war, schüttelte Stefanos den Kopf.

»Was hast du nun vor?«

»Ich weiß noch nicht, aber jemand wird dafür bezahlen«, meinte Niko entschlossen.

 Sommerliche Dance-Songs, Rock und Reggae schallten in angenehmer Lautstärke aus den Boxen der Strandbar, doch weder Cocktails noch die Musik konnten Nikos Stimmung heben. Er beteiligte sich nicht an den Gesprächen, wie es mit dem havarierten Schiff und der ganzen Umweltschutzaktion weitergehen sollte, trank wortlos sein Bier und blickte abwesend über den leeren Strand. Julia versuchte mehrmals, ihn aufzumuntern, blieb aber erfolglos.

Zurück im Zimmer, nachdem Niko auch auf ihre Verführungskünste nicht ansprang, verpasste sie ihm einen Schubs und verschwand mit zwei Bierflaschen auf den Balkon. Ohne zu reden, setzte sich Niko zu ihr.
»Was willst du machen?«, fragte Julia.
»Ich weiß es nicht«, antwortete Niko, der geistesabwesend das Armband mit den Glasperlen durch die Finger gleiten ließ.
»Du hast die Festung gesehen. Hinfahren und ihn abpassen, nur um ihm eine Abreibung zu verpassen?«
»Er ist dafür verantwortlich, dass Alison im Krankenhaus ...«
»Ich weiß und ich bin genauso wütend. Am liebsten würde ich meine Sammlung von daheim holen, vom Baseballschlager bis zum schwarzen Mantel, und jedem in dieser verdammten Festung die Knochen zertrümmern. Aber davon geht es Alison nicht besser.«
»Ich weiß. Aber dieser Drogenboss darf nicht ungestraft davonkommen.«
«Nemo me impune lacessit", murmelte Julia, den Leitspruch der Schotten.

»Niemand reizt mich ungestraft«, sprach Niko die Übersetzung aus.

Sie nickte.

»Pure, sinnlose Gewalt bringt nichts.«

»Das sagt die Frau, die mit einem Baseballschläger bewaffnet durch Schottland gestreift ist.«

Julia zog die Schultern hoch.

Ohne weiter über das Thema zu reden, gingen sie zu Bett, wobei es lange dauerte, bis Niko seinen Kopf halbwegs frei bekam und einschlief.

Es war mitten in der Nacht, als sich Niko abrupt im Bett aufrichtete. Sein Traum begann zu verblassen, weshalb er sich bemühte, die wichtigsten Momente festzuhalten, um nichts zu vergessen. Er suchte neben sich auf dem Nachttisch den Notizblock und schrieb wie wild Stichworte auf. Sein leises Murmeln weckte Julia, die sich zu ihm drehte.

»Honey? Wieso bist du wach?«

»Ich hatte einen ziemlich verrückten Traum«, sagte er und schrieb weiter.

Sie streichelte seinen Oberkörper.

»Wenn wir schon munter sind, hast du Lust ...«

»Jetzt nicht«, antwortete Niko, legte den Notizblock zur Seite und setzte sich an die Bettkante.

»Was hast du denn?«, fragte Julia verwundert nach.

»Mir ist eine Idee gekommen, wie wir es diesen Gangster heimzahlen können.«

»Einer deiner durchgeknallten Pläne?«

»Garantiert.«

»Gefährlich?«

»Mit Sicherheit.«

»Verrückt und gefährlich? Das wird ein Spaß! Lass hören«, war Julia sofort hellwach und interessiert.

Erst spät nachmittags erschienen Julia und Niko in der Strandbar. Auf zwei Tischen verteilt saßen Kira, Manos, Tákis und einige weitere Personen beisammen und winkten sie zu sich.

Sowohl Julia als auch Niko trugen eines der von Kira geschenkten Armbänder, doch Kira reagierte nicht darauf. Auf ihre Frage, wo sie den Tag bisher verbracht hatten, meinte Niko nur kurz angebunden, dass er einige Ideen im Kopf hatte und diese sortieren musste.

»Ideen? Das klingt ganz nach ...«

»Danach, dass ich diesem Dreckskerl von Verbrecher eine Lektion erteilen werde«, bestätigte Niko Kiras Vermutung.

»Und was schwebt dir so vor?«, fragte Kira skeptisch. Sie kannte Niko und seine übertriebenen Einfälle.

»Es gibt genau zwei Möglichkeiten, wie ich mit diesem ...»

»Wir«, unterbrach Kira.

Niko sah sie streng an.

»Wie wir diese Sache angehen werden. Beide werden euch nicht gefallen«, fuhr er fort.

»Um es in Filmtiteln auszudrücken«, sprach Julia weiter, »haben wir die Wahl zwischen Phantom Kommando und Mission Impossible.«

»Ich hätte gesagt Ocean's Eleven«, warf Niko ein.

»Ja auch, aber wenn man die ganze Planung und die Nebenhandlungen bedenkt, dann passt doch eher ...«

»Phantom Kommando? Dieser alte Actionstreifen mit Arnold Schwarzenegger?«, fragte Manos nach.

»Den kenne ich«, meinte jemand anderer am Tisch, »Schwarzenegger jagt die Bösen, nachdem seine Tochter entführt wurde.«

»Ja und genauso übertrieben würde Niko diese Festung stürmen wollen. Keine gute Idee«, fand Kira.

120

»Stürmst du dann auch mit einem Raketenwerfer ...«, erinnerte sich Manos an eine Szene aus dem Film.

»Wollt ihr einen Kinoabend veranstalten oder einen Kriminellen in den Arsch treten?«

Alle Blicke wanderten zu Tákis, der bislang stumm in der Ecke saß.

»Egal, was ihr vorhabt, ich bin dabei«, fügte er trocken hinzu und lehnte sich wieder in seinen Sitz zurück.

Auf Nikos Wunsch wurde am nächsten Tag an der Strandbar einer der Lagerräume für sie hergerichtet. Nachdem Niko erwähnt hatte, dass er zwar einen ungefähren Plan im Kopf hatte, ihm aber die passenden Leute fehlten, informierte Kira alle ihre Freunde und Bekannten aus dem Ort und der Umgebung.

»Ich bin mir sicher, jeder ist bereit uns zu helfen. Schon alleine, um Rache zu nehmen für das beinahe Versenken der ›OPR 2 Kríti‹«, war sie überzeugt.

Als Niko nach einem schnellen Frühstück den hergerichteten Raum betrat, musste er Kira anerkennend zustimmen. Mehr als ein Dutzend Personen hatten auf Stühlen Platz genommen und sahen in seine Richtung. Für ihn hatte Kira einen Stuhl und einen kleinen Tisch hergerichtet. Julia, die ihre Aktentasche mitgenommen hatte, legte Stift und Block vor Niko auf den Tisch und verschwand, um Getränke zu organisieren.

»Morgen! Bevor es Fragen gibt, ganz kurz eine Erklärung. Wir sind hier, nachdem Kiras Traum gesunken ist und nun bin ich am Überlegen, wie wir es anstellen, ihr zu helfen. Dazu muss ich alle Anwesenden kennenlernen.«

Er nahm Platz und winkte Kira zu sich.

»Du hast da echt was auf die Beine gestellt, Kleine. Es ist dir sehr ernst.«

»Ja ist es. Ich hoffe nur, es wird nicht zu verrückt, was auch immer du vorhast.«

»Verrückt? Wie kommst du nur darauf?«, meinte Niko schmunzelnd.

»Deine Stärken kenne ich«, fuhr er fort, »das Problem mit dir ist aber, du bist zu auffällig.«

Es folgte Manos, von dem Niko erfuhr, dass er mathematisch sehr begabt war und durch seinen Job bei der staatlichen Reederei Zugang zu unterschiedlichen Behörden hatte.

In dieser Art ging es weiter. Niko notierte sich zu jedem, was für ihn interessant klang, gab es aber auf, sich die Gesichter zu den Namen einzuprägen.

»Und du bist?«

»Stefanía Nikopolidis«, stellte sich die mollige Frau um die dreißig vor.

»Woher kennst du Kira?«

»Sie ist meine Cousine.«

»Ok. Und dein Job?«

»Ich betreibe ein Hubschrauber-Service mit meinem Cousin Sílas. Wir haben beide den Flugschein.«

»Noch ein Cousin«, wunderte sich Niko.

»Wir sind eine große Familie. Sílas ist gerade in der Luft, er hilft aber garantiert auch mit«, erklärte Stefanía.

Niko machte sich Notizen und wollte sie schon weiterschicken, als Stefanía noch etwas einfiel.

»Und wir haben beide einen Waffenschein ...«

»Den hat auf Kreta fast jeder, und alle anderen haben trotzdem Erfahrung mit Gewehren oder Ähnlichem.«

»... und eine Pyrotechnikausbildung, inklusive Sprengmeisterbefähigung.«

Niko hob den Kopf.

»Das klingt interessant.«

»Wenn du ein Feuerwerk oder ordentlich Sprengkraft benötigst, sind wir für dich da.«

»Darauf könnte ich zurückkommen.«

Eine knappe Stunde später war er mit der Befragung durch. Ein letzter Mann stand vor Niko.

»Tákis, wir kennen uns bereits.«

»Ja und heute Abend stelle ich dir noch jemanden vor.«

»Jemand der uns helfen kann?«

»Ja.«

»Du klingst sehr sicher, dass ...«

»Ja, bin ich. Wir sehen uns abends direkt an der Bar.«

Tákis verschwand und ließ Niko ratlos zurück.

Julia lehnte sich zu Niko.

»Schön blöd, wenn man seinem Spiegelbild gegenübersteht«, meinte sie grinsend und deutete auf Tákis.

»Ich mag ihn.«

»Es ist kurz vor Mittag, was machen wir jetzt?«, fragte Julia. Ihr Blick ging hinaus, an der Bar vorbei zum Meer.

»Jetzt, mein Schatz, ziehen wir die Badesachen an, werfen uns ins Wasser. Danach werden wir gemütlich essen, bevor ich den Abend mit meinem neuen Freund verbringe.«

Julia fasste Tákis' Bemerkung insofern auf, dass er einen Männerabend vorhatte, und ließ Niko alleine an die Bar gehen. Sie hatte sich von ihrem Kurztrip Arbeit mitgenommen, die sie in Ruhe durchgehen wollte und plante, sich danach um Alison zu kümmern.

So kam Niko alleine an die Bar, bestellte Souvlaki sowie ein Bier und setzte sich an den Rand des Lokals, direkt neben der Straße. Noch waren der Strand und der inzwischen bekannte Berg gut zu erkennen, doch die Sonne würde in weniger als einer Stunde untergegangen sein. Niko konnte das Essen nicht genießen, zu sehr war er mit den Gedanken bei seinem Vorhaben, welches im Moment nur aus Fragmenten von Ideen bestand.

Er wollte gerade aufstehen, um sich noch ein Getränk zu holen, als Tákis wie aus dem Nichts erschien und ihm ein frisches Bier entgegenhielt. Niko sah überrascht auf, als sich Tákis mit einem Mann in Nikos Alter zu ihm setzte. Er sah nicht nach einem gebürtigen Griechen aus, seine braungebrannte Haut zeugte aber davon, dass er schon lange auf Kreta weilte. Neben Tákis wirkte er schmächtig aber dennoch sportlich. Die kurzgeschorenen blonden Haare waren von der Sonne ausgebleicht, der Drei-Tages-Bart großteils grau. Er war älter als Tákis, Niko schätzte ihn in seinem Alter. Während Tákis komplett in Schwarz gekleidet war, trug sein Begleiter ein farbiges Hawaiihemd und knielange Jeans.

»Mein Bruder Ryan«, stellte Tákis ihn vor.

»Bruder? Adoptiert?«

»So ungefähr«, antwortete Ryan, »Wir sind seit Ewigkeiten beste Freunde und seit einigen Jahren lebe ich hier.«

Niko nickte. Erst einige Sekunden später realisierte er, dass Ryan auf Deutsch mit ihm gesprochen hatte.

»Genau, ich bin ursprünglich aus Wien. Aber die Liebe hat dafür gesorgt, dass ich auf Kreta geblieben bin«, erkannte Ryan Nikos Verwunderung.

Aus Liebe ausgewandert, will ich das auch? Einfache Antwort, ja.

»Ich habe schon von dir gehört, dein Besuch beim Minotaurus ...«, er deutete zu dem Berg auf der gegenüberliegenden Seite der Bucht, »ist längst zur Legende geworden.«

Niko folgte seinem Blick und nickte.

»Ich habe gehört, dass du Hilfe benötigst«, fuhr Ryan fort.

»Es geht darum, Kira zu helfen.«

»Viktor Samoros. Es gibt schon lange Gerüchte um die dunklen Machenschaften dieses Herrn. Du weißt von seinem Casino-Event in ein paar Wochen?«

»Davon habe ich gehört.«

»Es ist eine geschlossene Veranstaltung. Eintritt nur für geladene Gäste.«

Eine Einladung? Aléxandros hat das erwähnt, fiel Niko ein.

»Wenn du etwas im Casino planst, werde ich dir sehr nützlich sein«, zeigte sich Ryan überzeugt.

Ja, das Casino wäre ein Schauplatz für meinen Plan. Aber es gibt noch zu viele Fragezeichen.

»Du bist dir da ziemlich sicher«, meinte Niko skeptisch.

»Tákis hat mir genug erzählt, um sehr sicher zu sein.«

Niko lehnte sich zurück.

»Ich höre«, forderte er Ryan auf.

»Erstens, wir zwei können uns jederzeit ungestört unterhalten, da nicht viele deutsch verstehen. Zweitens habe ich viel Übung im Einschätzen von Menschen, verschiedene Rollen zu spielen und ich kann Lippenlesen.«

»Nicht schlecht«, meinte Niko unbeeindruckt.

Einschätzen von Menschen, was beim Pokern sehr nützlich sein kann, notierte er sich im Geiste.

»Aber Christina, mein Sonnenschein, wird ganz besonders wertvoll sein.«

Niko hob die Augenbrauen.

»Sie arbeitete schon beim letzten Mal im Casino und wurde auch dieses Mal als Kellnerin eingestellt.«

Nikos Lippen formten ein verschwörerisches Lächeln.

»Du hast Recht, das klingt sehr nützlich.«

Die drei Männer unterhielten sich über Nikos ersten Besuch auf der Insel, danach wollte Niko mehr über Ryans Gründe wissen, welche ihn auswandern ließen.

»Der Hauptgrund ist sicherlich die Liebe. Aber das ist eine lange, nicht ganz unspektakuläre Geschichte«, meinte Ryan. Tákis erhob sich mit den Worten »Ich war dabei, diese Geschichte kenne ich schon« und verabschiedete sich, da auf ihn seine Frau und seine Tochter warteten.

»Mein Kind weiß noch nicht, dass die Nacht zum Schlafen gedacht ist. Aber ich bin überzeugt, ihr werdet euch auch ohne mich gut unterhalten.«

Ryan lehnte sich zurück und lächelte.

»Wie ich hier meine Wurzeln geschlagen habe, möchtest du wissen? Das ist eine lange Geschichte über alte Rache, Freundschaft, eine unerwartete Wendung und eine Frau, welche mein Leben verändert hat.«

»Klingt interessant, da braucht es mehr als ein Bier.«

»Oder ein paar Cocktails, ich bevorzuge aber Rakomelo.«

Niko kannte den süßlichen Likör, Raki mit Honig und Gewürzen, der von den Kretern meist in den Wintermonaten bevorzugt wurde.

Niko ermutigte ihn, zu erzählen und bestellte für sie ebendiesen Likör. Giannis kannte Ryan, er stellte ihnen die volle Flasche mitsamt zwei Gläsern auf den Tisch.

»So wie ich Ryan kenne, wird von der Flasche nicht viel übrigbleiben«, meinte er grinsend.

Es war nicht bei einer Flasche geblieben. Erst weit nach Mitternacht kam Niko zurück in sein Zimmer. Leise sperrte er die Tür auf, wankte ins Zimmer und lehnte sich gegen die Wand.

Es war sicherlich keine gute Idee, denn morgen wird ein anstrengender Tag, dachte er, ging langsam zum Bett und ließ sich hineinfallen, *aber wenn dieser Likör so gut schmeckt*.

Als Julia aufwachte, saß Niko bereits auf dem Balkon und notierte auf einem Notizblock seine Gedanken.

»Wann bist du ...?«

»Viel zu spät, mit viel zu viel Alohol, Alkol ... Alkohol. Rakomelo ist ein gefährlich guter Likör.« Seine Stimme klang kratzig und müde.

Julia bereitete ihm einen starken Kaffee zu und setzte sich zu ihm. Bereits jetzt in den Morgenstunden brannte die Sonne auf ihre blasse Haut herab und erinnerte sie daran, sich einzucremen.

»Alison muss zur Kontrolle ins Krankenhaus. Ich werde fahren, du wirst heute kein Fahrzeug in Betrieb nehmen«, entschied Julia.

Niko nickte ihr bestätigend zu. Sie deutete auf die Papiere.

»Was planst du?«

»Eine Mission, um diesen Gangsterboss einen Denkzettel zu verpassen.«

»Du bist verrückt, das weißt du, oder?«

»Ja«, meinte Niko trocken.

Als Julia mittags zusammen mit Alison zurück ins Zimmer kam saß Niko immer noch auf dem Balkon, vertieft in seinen Stapel aus Zetteln und seinem Handy. Er reagierte nicht, als sie eintraten und auch nicht auf ihr Grüßen.

»Wann bist du wieder ansprechbar?«, fragte Julia, als sie in der Balkontür auftauchte.

Niko kritzelte abwechselnd auf mehreren Blättern Papier. Sie erkannte ein paar Skizzen, wunderte sich über Stichworte zum Thema Magnete und staunte, als sie auf einem Blatt Papier ‚Einkaufsliste‘ las.

»Woher soll das alles kommen?«

»Keine Idee, aber es muss auf dem schnellsten Weg beschafft werden.«

»Gezinkte Karten, passende Brille dazu, ein Gerät zur Erzeugung eines starken Magnetfeldes, weiße Farbe ... Sägespäne, Konfetti aus Alufolie? Was hast du vor?«

»Einen Coup, wie ihn diese Insel noch nie erlebt hat.«

Sie zog ein Blatt hervor, auf dem nur zwei Wörter standen.

»Ernsthaft?«

Niko blickte auf, sein Gesichtsausdruck verriet, wie ernst es ihm war. Alison kam zu ihnen auf den Balkon und nahm Julia das Papier aus der Hand.

»Mission Rakomelo? Was hast du vor?«

»Glaub mir, das willst du nicht wissen«, meinte Julia und zog ihre Tochter mit sich ins Zimmer.

Da sie keine bekannten Gesichter im ‚Porto Paradiso' vorfanden, setzten sich Julia und Niko nach dem Abendessen an die Bar. Niko erwartete jede Menge Fragen zur Versammlung am Vortag, doch Giannis lächelte sie nur an und meinte: »Ich warte auf die Zusammenfassung, wenn es vorüber ist. Übertreibt es nur nicht.«

Bei Cocktails und einer Schüssel Erdnüsse blickten beide auf das Meer hinaus.

»Alison soll viel im Zimmer bleiben, hat der Arzt mehrmals erwähnt«, berichtete Julia.

»Sie wird sich ausruhen. Egal, was sie sagt, sie wird nicht an diesem Plan teilnehmen.«

Mit einem Nicken stimmte Julia zu.

»Dein Plan wird ziemlich kompliziert«, sagte sie, ohne Details zu kennen.

»Es gibt viele Möglichkeiten, die man vorhersehen muss. Ich muss noch viel bedenken.«

»Soviel zu einem romantischen Sommer auf Kreta.«

»Du weißt ja, wie romantisch ich bin.«

»Ja, weiß ich, Honey.« Sie legte ihre Hand auf seinen Oberschenkel. »Aber ich liebe dich nicht wegen deiner romantischen Ader. Da gibt es zum Glück genug andere Gründe.«

»Ich ...«

Verdammt, was ist so schwer dran, es einfach auszusprechen?

»Ich liebe dich auch. Deshalb wollte ich die Zeit hier auch nutzen, um mit dir über unsere Zukunft zu reden«, sagte Niko leicht nervös.

»Du meinst, deinen Umzug nach Schottland?«

»Tja, du bist mir zuvorgekommen. Aber ich sehe keinen Grund, nicht so schnell wie möglich zu dir zu ziehen.«

Julia verpasste ihm einen Schubs.

»Glaubst du, ich möchte meinen Verlobten nicht auch endlich bei mir haben?«

»Verlobten? Das hast du gar nicht erwähnt, alter Mann!« Kira war neben ihnen aufgetaucht. Sie winkte der Kellnerin zu und bestellte ein Bier.

»Seit wann seid ihr verlobt, und warum hast du das nie erwähnt?«

»Ich habe es wohl vergessen ...»

»Vergessen?«, empörte sich Julia, »Du vergisst also darauf, dass wir verlobt sind?«

»Nein, das ... So war das nicht gemeint«, verteidigte sich Niko.

»Sondern?«, fragten beide Frauen gleichzeitig.

»Es war noch keine Zeit, darüber zu sprechen.«

»Honey, diese Zeit solltest du dir nehmen. Wir wollen zusammenziehen oder hast du das auch vergessen?«

»Nein! Ich meinte ... Ich wollte nur ...«

Julias Grinsen verriet, dass sie ihn auf den Arm nahm. Niko verstummte und leerte sein Getränk.

Kira wandte sich Julia zu.

»Wie kann ich mir einen Antrag von diesem Kerl vorstellen? Hat er etwa seine romantische Ader entdeckt?«

Julia lachte auf.

»Oh nein. Er war cool und direkt, wie man meinen Liebsten kennt.«

Niko schüttelte den Kopf.

»Wir waren gemeinsam essen«, versuchte er sich zu retten.

»Ja, nur leider war das Essen nicht besonders. Aber dafür konnte Niko nichts. Auf meine Meldung, gerne für ihn zu kochen, kam, und jetzt zitiere ich den Mann, den ich trotzdem liebe: Dann schlage ich vor, wir heiraten, ziehen zusammen und du kannst mich jeden Abend mit deinen Kochkünsten verwöhnen.«

»Ernsthaft?« Kira konnte sich ihr Lachen nicht verkneifen.

»Ja ernsthaft«, sagte Niko leicht säuerlich, »Wenn wir hier auf Kreta nicht in die Machenschaften eines Verbrechers hineingerutscht wären, dann hätte ich schon eine Möglichkeit genutzt, um in Ruhe, unter vier Augen, mit ihr darüber zu reden.«

Nun spielte Kira die Empörte.

»Es tut mir leid, dass wir angegriffen wurden. Ich wäre jetzt auch lieber da draußen auf dem Meer und ...«

Niko erhob sich mit einem Satz von seinem Hocker, dass Kira erschrak und verstummte.

»Und mir wäre es auch lieber, Alison wäre nicht im Krankenhaus gelandet. Deshalb werden wir zuerst diesem Arsch von Drogenboss eine Lektion erteilen und dann werden Julia und ich besprechen, wann ich zu ihr ziehe und ich dir kleine freche Laus eine Einladung schicke. Aber zuerst ...«

Er winkte Giannis zu sich.

»Zuerst trinken wir jetzt was Ordentliches und konzentrieren uns ab morgen auf einen Coup, den einige auf dieser Insel nicht vergessen werden.«

»Und wer fragt mich?«, meldete sich Julia.

Als Antwort zog Niko sie zu sich und küsste sie fest und lange.

»Dich frage ich, wenn wir alleine sind.«

Die folgenden Tage war Niko nur schwer aus dem Zimmer zu bewegen. Julia kümmerte sich um Alison, die das Zimmer neben ihnen bezogen hatte. Nachdem sich Alison damit abgefunden hatte, nur Zuschauer sein zu dürfen, mischte sie sich mit Julia in seine Planung ein. Zusammen gaben sie ihm immer wieder nützliche Hinweise, zwischendurch konnten sie bei seinen Ideen jedoch nur den Kopf schütteln.

»Dir ist klar, wie verrückt dein Mann ist?«, fragte Alison scherzhaft.

»Dieser Mann ist immerhin dein Vater«, konterte Julia.

»Ich weiß. Aber ich konnte es mir nicht aussuchen, du hast diese Ausrede nicht«, meinte sie stichelnd.

Zwei Tage später saßen Niko und die beiden Frauen über einem Berg von Zetteln und gingen gemeinsam alle Details durch. Dabei fanden sie immer wieder neue Aspekte, neue Ideen und auch immer wieder weitere Probleme.

Es war bereits nach 21 Uhr, als Niko vorschlug, gemeinsam der Strandbar einen Besuch abzustatten.
»Willst du wieder unter Leute gehen?«
»Ich habe Hunger. Und ein Ortswechsel tut gut«, antwortete Niko seiner Tochter, »Außerdem sollst du etwas mehr von der Insel sehen, als nur das Hotelzimmer.«

Kira war mit einigen Freunden zu den Infotagen an den Häfen gefahren. Trotz des Verlustes des Schiffes versuchte sie, möglichst viele Personen von ihrer Idee zu überzeugen.
An der Bar erkannte Niko eine Frau, die mit Giannis plauderte.
Eine der Cousinen von Kira ... die Hubschrauberpilotin.
Sie sah ihn ebenfalls, stupste ihren Sitznachbar an und winkte sie zu sich.
»Kommt her, falls du dich noch an mich erinnern kannst!«
»Erinnern ja, aber nicht an den Namen«, gestand Niko.
»Stefanía. Und das ist mein Cousin Sílas.«
»Ebenfalls Hubschrauberpilot und Sprengmeister«, stellte sich der Mann, der wie seine Cousine um die dreißig Jahre alt war, vor. Im Gegensatz zu Stefanía war er sehr schlank und drahtig, der schwarze Bart bedeckte mehr als die Hälfte seines schmalen Gesichts.

»Stefanía meinte, Kira und du könntet unsere Hilfe brauchen.«

Inzwischen war Nikos Plan so weit, dass er sich um Einzelheiten und die Einteilung der Personen Gedanken machen konnte. Dabei hatte er auch an Stefanía gedacht.

»Ich brauche einen Hubschrauber und einen Piloten, der nachts fliegen kann. Und jemanden, der schnell durch eine massive Stahltür kommt. Aber Sprengstoff ist nicht unbedingt leise.«

»Thermit«, fiel ihm Sílas ins Wort.

»Was?«

»Thermit. Damit kommst du garantiert durch jede Tür.«

»Was ist das?«, fragte Niko, der das Wort zwar kannte, sich aber nichts Genaueres darunter vorstellen konnte.

»Thermit ist eine Mischung aus Eisenoxid und Aluminiumgrieß, das bei einer Redoxreaktion zu Flüssigeisen reduziert wird. Bei dieser exothermen Reaktion entsteht eine Temperatur von ungefähr 2400 Grad.«

»Ach so, alles klar. Und jetzt bitte nochmal für Nichtchemiker«, bat Niko.

»Heiß, heißer, Bumm und die Tür ist weg«, erklärte Stefanía mit einem breiten Grinsen.

»Genau das brauchen wir. Dann kann ich auf euch zählen?«

»Auf jeden Fall!«, versicherten ihm Stefanía und Sílas gleichzeitig.

Kira saß noch im Nachthemd beim Frühstück, als Julia und Niko am nächsten Morgen das Haus betraten.

»Oh, hallo, alter Mann«, begrüßte sie ihn.

»Wie war der Ausflug?«

»Deprimierend. Nur einige Interessierte, keine Zeitung, kein Fernsehen. Das alles ...« Sie schluckte ihre Wut hinunter.

»Okay, dann kann es ja losgehen«, unterbrach Niko sie, »Wir haben einiges vor und nur noch sechszehn Tage Zeit.«

»Sechszehn? Wieso gerade ...?«

Niko legte ihr ein Blatt Papier neben den Teller.

»Ich brauche das alles.«

Kira überflog die Liste und sah verwundert zu Niko auf.

»Du weißt schon, wir sind hier auf Kreta und nicht in einer Amazon-Lagerhalle. Bestellen übers Internet wird sich zeitlich nicht ausgehen.«

»Es ist, wie es ist. Es muss so schnell wie möglich alles besorgt werden.«

Kira deutete auf eine Zeile.

»Wilde Hummel, Disco Flash, The King? Was sind das für Dinger?«

»Bekommst du alles in einem Feuerwerksladen. Diese Dinger müssen schnellstens zu Sílas und Stefanía.«

Kira sah ihn mit großen Augen an.

»Ich wiederhole mich, du bist völlig verrückt!«

Manos kam die Stiegen herab und grüßte Julia und Niko schlaftrunken.

»Du hast also einen Plan?«

»Ja. Du hast sogar einen sehr wichtigen Anteil dabei.«

Manos riss die Augen auf.

»Warum ich?«

»Ich denke, Black Jack ist genau das richtige Spiel für dich.«

Manos blickte ihn überrascht an.

»Du musst hochkonzentriert sein, gezinkte Karten schnell lesen und dementsprechend agieren. Schaffst du das?«, meinte Niko trocken.

»Konzentrieren, schnell handeln. Das bekomme ich hin. Nur eine Frage hätte ich.«

»Und zwar?«

»Wie sind die Regeln von Black Jack?«

Zusammen mit Manos und später auch Aléxandros war Kira den ganzen Tag damit beschäftigt, quer über die Insel zu telefonieren und Nikos Wunschliste zu besorgen.

Abends an der Bar konnte sie schon von ersten Erfolgen berichten, als Ryan mit seiner Freundin Christina dazu stieß.

Sie war deutlich jünger als Ryan, Niko schätzte den Altersunterschied auf zehn Jahre. Außerdem war er sich sicher, dass die junge Frau eine Griechin war.

»Hallo, ich bin Christina Saravakos«, begrüßte sie ihn mit einem freundlichen Lächeln. Dabei zeigte sie ihre glänzend weißen Zähne. Ihre langen, schwarzen Haare waren zu einem Pferdeschwanz zusammengebunden. Niko fiel ihre Halskette auf, ein silbernes Herz, das sich öffnen ließ.

»Wo ist denn dein Bruder?«, fragte Niko nach.

»Despina und er haben kinderfrei«, antwortete Ryan. Auf Nikos verständnislosen Blick hin, musste er grinsen.

»Kleine Kinder benötigen mehr Aufmerksamkeit als deine Tochter und da ist man froh, wenn man einen Abend nur für sich hat. Verstehst du jetzt?«

Niko nickte.

Im Laufe des Gespräches und bei mehreren Cocktails erzählte Christina, dass sie bereits den Schlüssel zum Casino hatte.

»Tagsüber wird alles aufgebaut und hergerichtet, aber nachts ist niemand vor Ort. Da noch kein Geld deponiert wurde, gibt es keine Wachen.«

Niko leerte sein Glas.

»Warum sitzen wir dann noch hier?«

»Wie bitte?«, meinte Christina überrascht.

»Ryan, Christina, Julia, lasst uns fahren.«

»Jetzt?« Auch Julia klang überrumpelt.

»Wir haben noch genug zu erledigen, also sollten wir keine Zeit verlieren.«

Ryan übernahm das Steuer und fuhr ins Hinterland der Insel. Unweit von Bali bogen sie von der Küstenstraße ab und fuhren über Serpentinen den Berg hinauf. Unterdessen erfuhr Julia in Kurzform, wie Ryan dazu kam, auf Kreta zu leben.

»... Und so leben wir nun hier. Christina ist kurz vor dem Ende ihres Studiums und ich helfe Tákis und biete Rundfahrten über die Insel an. Nebenbei unterstütze ich gelegentlich den österreichischen Botschafter in Heraklion.«

»Bei diesem Job gibt es auch kein Geld zu holen, jedenfalls nicht für uns«, machte Niko klar.

Ryan und Christina sahen sich an. Niko glaubte, dass sie beide überlegten, ihm mehr zu erzählen, aber das unterließen sie dann scheinbar.

»Nur soviel, Niko. Wir machen sicher nicht wegen des Geldes mit, sondern weil es darum geht, Kira und ihrem Traum zu unterstützen.«

Nach einer knappen halben Stunde Fahrt waren sie am Ziel. Ein befestigter Schotterweg führte zu einem Plateau, wo ein steiler Weg den Berg hinauf zu einigen modernen Windrädern führte.

Das Gebäude selbst erinnerte an ein groß angelegtes Restaurant, einstöckig und mit einem spitz zulaufenden Ziegeldach. Der Zugang war noch völlig unscheinbar, doch Christina erzählte, dass dieser bis zur Casino-Nacht prachtvoll gestaltet werden würde. Ebenso wurde der Platz davor bis zum Casino-Abend als Parkplatz hergerichtet.

Die Gruppe lief zur Rückseite des Gebäudes, wo Christina bei einer kleinen Metalltür stehen blieb.

»Die Kameras sind noch nicht in Betrieb, das Überwachungszimmer wird erst noch verkabelt.«

Kaum hatte sie die Tür aufgesperrt, verschwanden alle vier im Inneren.

Ryan teilte kleine Taschenlampen aus.

»Hier entlang, durch die Küche kommen wir zu den Spielräumen.«

Niko leuchte kurz durch den Raum, stoppte kurz bei der Mikrowelle.

»Was suchst du?«, fragte Christina nach.

»Ich verschaffe mir nur einen Überblick. Wir können weitergehen.«

Hinter Christina gelangte er in den großen Raum und versuchte sich ein Bild davon zu machen. Doch dieser war zu groß, um ihn mit der Taschenlampe auszuleuchten. Dennoch erkannte er einen Roulette-Tisch, einen kleinen leeren Tisch und den Aufbau eines Black Jack Tisches.

»Wie riskant ist es, wenn wir das Licht machen?«, sprach Ryan aus, was Niko dachte.

»Weit und breit sind keine Häuser, ich glaube, das nächste Gebäude ist das Kloster. Das Risiko sollte also sehr gering sein«, meinte Christina.

Im nächsten Moment blendete das helle Licht von unzähligen Kristallleuchtern über ihnen. Binnen Sekunden war der Raum völlig ausgeleuchtet.

»Ich brauche nur einige Minuten«, meinte Niko, der neben dem Lichtschalter stand und sein Handy gezückt hatte.

Zuerst machte er Bilder vom Roulette-Tisch. Er knipste die Seiten des Tisches, den Roulette-Kessel und fand auf dem Pult des Croupiers eine Schatulle mit einer Roulette-Kugel.

»Französisches Roulette, eine relativ schwere Kugel, kein reines Plastik. Ein sehr eleganter, teurer Tisch, damit lagen meine Vermutungen richtig.«

»Was hast du vor? Willst du das Spiel manipulieren?«, fragte Ryan skeptisch nach, doch Niko gab keine Antwort, sondern ging weiter. Beim Black Jack Tisch nahm er die Kartenmaschine genauer unter die Lupe, in seinem Fall unter das Handy. Ein Kartenstoß lag neben der Maschine. Niko nahm die oberste Karte und ließ sie in seiner Hosentasche verschwinden.

»Glück gehabt, dieselben Karten wie sonst auf Kreta«, murmelte er.

Die Automaten, die in einem eigenen Raum an den Wänden aufgereiht standen, interessierten ihn nicht.

»Wäre es nicht einfacher, wenn Despina ihre Computerkenntnisse auspackt, um einen der ...«

»Nein«, unterbrach Niko Christina, »Da sind zu viele Unsicherheiten.«

»Und dein Plan ist sicher?«

»Garantiert nicht«, sagte Niko und ging weiter.

Fünf Minuten und unzählige Bilder später war Niko fertig. Sie vergewisserten sich mehrmals, dass sie keine Spuren hinterlassen hatten, und liefen zurück zum Wagen.

»Wie sieht dein Plan nun aus?«, fragte Ryan nach.

»Es läuft fast alles so, wie ich es mir vorgestellt habe. Jetzt geht es ans Basteln und Lernen. Morgen werde ich der Reihe nach jedem seine Aufgaben bekannt geben.«

Manos erwachte im Bett von Kira. Sie lag mit dem Rücken zu ihm und schlief noch, ebenso nackt wie er. Vorsichtig drehte er sich zu ihr, streichelte über ihren Rücken und gab ihr einen sanften Kuss auf den Kopf.

»Schlaf weiter«, flüsterte er und drehte sich zur Seite, um möglichst lautlos aus dem Bett zu steigen. Vor dem Bett saß Niko auf einem Stuhl und sah ihn abwartend an. Manos schreckte hoch, stieß einen kurzen Schrei aus, welcher Kira weckte.

»Was zur ...? Wie bist du ...«, stammelte er.

»Hier, deine neue Beschäftigung für die kommenden Tage.« Niko hielt ihm drei Spielkartensets entgegen.

Kira drehte sich zu ihnen um und blickte über Manos hinweg zu Niko.

»Morgen. Was soll das, Niko? Wir ... Seit wann bist du schon da?«

»Noch nicht lange«, antwortete Niko.

»Du hättest auch warten können und dich nicht einfach hereinschleichen. Was, wenn wir gerade ...?«

»Ihr habt geschlafen«, meinte Niko trocken und drückte Manos die Karten in die Hand.

»Kommt runter ins Wohnzimmer. Es wird Zeit, dass Manos die Regeln von Black Jack lernt, und wie er die Bank überlisten soll.«

Niko stand auf und ging in Richtung Tür.

»Jetzt sofort? Hast du für mich auch schon etwas geplant?«, fragte Kira schnippisch.

»Frühstück wäre fein«, meinte Niko. Bei der Tür angelangt drehte er sich nochmals kurz um.

»Und zieht euch beide an, bitte.«

Mit säuerlicher Miene stellte Kira den beiden Männern eine Kanne Kaffee auf den Tisch. Niko zog eine Karte aus dem Stoß und reichte sie, ohne umzudrehen an Manos. Auf der Rückseite befand sich dasselbe Muster wie auf der Karte, die Niko aus dem Casino mitgenommen hatte.

»Schau dir die Verzierungen in den Ecken genauer an«, forderte Niko.

Manos nahm sich die Karte und studierte die Rückseite genauer. In jeder Ecke war die Zeichnung einer Person, in deren Händen sich Ranken befanden, die sich über die Karte verteilten. Alle vier Ecken sahen gleich aus.

»Was soll ich hier erkennen?«

»Dass es sich um die Pik Fünf handelt.«

Manos drehte die Karte um und warf die Pik Fünf auf den Tisch.

»Mit deinem kleinen Taschenspielertrick wirst du im Casino wenig Erfolg haben«, meinte Kira gereizt.

»Kein Trick, nur gezinkte Karten. Manos, die Rückseite. Schau sie dir nochmals an.«

Manos drehte die Karte erneut. Es dauerte einige Sekunden, dann erkannte er, was Niko meinte.

»Diese Ranken, da versteckt sich eine Fünf, in römischen Zeichen. Und dieses Blatt, es sieht aus wie ein Pik.«

»Korrekt. Nun musst du alle Karten darauf absuchen und lernen sie zu lesen ... schnell zu lesen.«

Kira brachte einen Teller mit Gebäck und griechischem Kaffee. Im Gegensatz zum kalten, süßen Frappé war dieser ein schwarzer Espresso, der extrem stark schmeckte.

»Selbst wenn er das schafft, mein Schatz kann immer noch nicht Black Jack.«

»Das ist dann ein Kinderspiel. Du musst mit deinen Karten so nah wie möglich an einundzwanzig kommen, aber nicht darüber. Die Zahlenwerte sind klar, die Bildkarten, also König, Dame, Bub zählen zehn und das Ass sowohl eins als auch elf. Zuerst lernst du die Karten lesen, dann kommen wir zum nächsten Teil.«

Niko nahm sich ein Stück vom Teller.

»Ich muss weiter.«

»Und wohin, verrätst du uns das?« Kira klang nicht begeistert von seinem Vorhaben.

»Nein. Konzentriert euch auf die Karten. Kira, hilf ihm.«

In einer Garage am Stadtrand von Rethymno war Thaumas mit einigen Freunden damit beschäftigt, einen Pick-up zu reparieren. Zu dritt schraubten sie an dem Unterboden des Wagens, welcher auf der Hebebühne stand. Dabei wirkte Thaumas abwesend.

»Was ist, Kleiner? Träumst du schon wieder von der rothaarigen Schönheit?«

»Schnauze«, fuhr er seinen Freund an und reichte ihm einen Schraubenschlüssel.

»Dir ist schon klar, du bist ihr zu jung und sie ist vergeben. Oder willst du dich mit diesem Niko anlegen.«

»Sicher nicht. Aber etwas schwärmen ...«

Das laute Quietschen des Garagentores unterbrach ihn. Alle Blicke richteten sich auf das Tor, das von außen hochgeschoben wurde. Es war Niko, der das Tor einrasten ließ und die Werkstatt betrat.

»Gut, dass alle anwesend sind«, sagte Niko und versammelte die Anwesenden um sich.

»Für die nächsten Tage solltet ihr keine Aufträge annehmen«, erklärte er Thaumas.

»Was sollen wir machen? Ein Auto tunen? Ein Schlachtschiff bauen?«

Niko zog einige Zettel hervor.

»Es ist nicht ganz so einfach«, sagte er und händigte seine Pläne aus.

Der Hubschrauber flog an der Nordküste entlang, Heraklion lag bereits in Sichtweite.

»Vor euch seht ihr die Festung der Stadt. Wir werden über den Hafen fliegen, dahinter ist unser Landeplatz. Genießt die Aussicht«, sprach Sílas über sein Headset mit den zwei Passagieren an Bord.

Der Hubschrauber flog eine enge Kurve, die das Paar hinter ihm gegen die Scheibe drückte. Beiden gefiel der wildere Flugstil.

Den Anflug auf den Landeplatz nutzte Sílas für eine letzte, enge Runde über den Hafen. Als er sein Ziel ansteuerte, sah Sílas eine Person neben seiner Cousine stehen. Er musste sie nicht erkennen, um zu wissen, wer ihn erwartete.

»Jetzt wird es also ernst«, murmelte Sílas und setzte den Hubschrauber sanft auf.

Nach der Verabschiedung der Touristen wandte er sich Stefanía und Niko zu.

»Du brauchst uns?«

»Ja. In mehrerer Hinsicht«, meinte Niko.

»Wie hoch ist das Risiko?«, fragte Sílas nach.

»Nicht gerade gering.«

»Aber wenn dein Plan aufgeht, werden wir Kira helfen.«

»Genau.«

»Mehr muss ich nicht wissen.«

»Das wird sicher ein Spaß«, war sich Stefanía sicher und bat die beiden Männer ins Büro mitzukommen.

Obwohl sie sich nach zwei Tagen planen, üben und vorbereiten für den Abend vorgenommen hatten, das Thema beiseitezuschieben, war Nikos Plan wieder Thema, als er mit Julia, Kira, Manos, Tákis und Ryan in der Strandbar saß.

Kurz zuvor hatte Niko Tákis einen kurzen Besuch abgestattet. Nachdem er ihm erklärt hatte, was für ihn geplant war, hatte Tákis nur mit einem breiten Grinsen geantwortet: »Das kommt mir bekannt vor. Ich werde dir helfen, sobald du mich brauchst.«

»Manos wird schon nervös, wenn ich nur davon rede, was auf ihn zukommt«, meinte Kira, die zusammen mit ihrem Freund, Tákis und Ryan gegenüber von Niko und Julia saß.

»Er hat noch Zeit zum Üben.« Niko wirkte abwesend, sein Blick war auf das Meer gerichtet.

»Mehr sagst du nicht dazu? Niko, das alles ist doch eine vollkommen verrückte Idee. Wir sollen einen Schwerverbrecher reinlegen, das ist kein Spaß.«

Kira war der Meinung, dass ihr Vorhaben schief gehen würde. Ryan und Tákis hingegen waren Nikos Plan gegenüber aufgeschlossener.

»Wir haben einige Vorteile auf unserer Seite«, begann Ryan.

»Er hat Recht«, stimmte Tákis zu, »Christina ist schon als Kellnerin dabei, niemand erwartet uns und mein Bruder wird sehr hilfreich sein.«

»Das glaube ich auch«, meinte Niko.

»Wieso eigentlich Bruder?«, fragte Julia nach.

»Ryan ist mehr als nur ein Freund. Wir kennen uns seit Kindestagen und haben schon einiges erlebt.«

Kira stand auf.

»Ich hole uns noch eine Runde Getränke. Ohne Alkohol stehe ich diesen Abend nicht durch.«

Als sie außer Hörweite war, lehnte sich Niko zu den beiden Männern vor.

»Wir haben nur eine Chance, wenn wirklich alle mit voller Überzeugung bei der Sache sind. Ich brauche niemanden, der mittendrin plötzlich nervös wird ...«

»Keine Sorge«, unterbrach ihn Ryan, »Du kannst auf uns zählen. Diesem Verbrecher muss das Handwerk gelegt werden.«

Tákis nickte zustimmend. Niko wandte sich an Ryan.

»Was deine Talente betrifft und was ich für dich geplant habe ...«, begann Niko, als Kira von der Bar aus laut schimpfend zu hören war.

»Wenn du deine Hand nicht bei dir behalten kannst, sorge ich dafür, dass sie im Gips verpackt wird!«, schrie sie einen offensichtlich betrunkenen Mann an, der sie zusammen mit einigen anderen Männern umringt hatte.

»Das sieht nach Problemen aus.« Julia wollte aufstehen, doch Tákis deutete ihr, sitzen zu bleiben.

»Kira kann sich gut zur Wehr setzen. Und wenn nicht ...«

In diesem Moment sahen sie, wie Kira von den Männern bedrängt und begrapscht wurde.

»Okay, das geht zu weit«, Niko sprang hoch. Gleichzeitig standen auch Ryan, Tákis und Julia auf.

»Wir machen das schon«, meinte Tákis zu Julia, die sich nicht aufhalten ließ.

»No way, den Spaß gönne ich euch nicht alleine.«

»Aber ...«, wollte Tákis sie stoppen.

»Komm mir ja nicht damit, dass ich eine Frau bin«, stellte sie klar und ging auf die Gruppe zu.

»Du könntest einfach mitkommen und wir zeigen dir, wie man ein widerspenstiges Mädchen zähmt«, lallte einer der Männer und schubste Kira gegen zwei seiner Freunde. Diese packten sie an der Schulter und lachten schmutzig. Dass hinter ihnen Ryan, Tákis, Niko und Julia auftauchten, bekamen sie nicht mit.

»Lasst sie los und verschwindet, oder ich werde wütend«, sprach Niko mit bedrohlicher Stimme. Ein Mann der sechsköpfigen Gruppe wandte sich ihm zu.

»Ach wirklich, du wirst wütend? Und dann?«

»Wenn ich wütend werde, kommen Leute zu schaden. Glaub mir, das willst Du nicht.«

Nun drehten sich die anderen auch zu ihnen um.

»Haut ab, oder wir rammen euch alle kopfüber in den Sand«, bellte sie der Mann, der Kira festhielt, an.

Alle muskulös, aber ohne Hirn. Große Klappe und Kraft, aber vermutlich keine Technik, analysierte Niko in Gedanken die Betrunkenen.

Ryan und Tákis sahen sich an.

»Nein, mein Bruder, bitte nicht schon wieder dein Bibelzitat«, meinte Ryan grinsend.

Tákis drängte sich vor, streckte die Hände zur Seite und ging auf die Gruppe zu, den Kopf in den Nacken gelegt.

»Jesus sagt, wer ohne Schuld ist, werfe den ersten Stein.«

Julia und Niko sahen sich perplex an. Auch die Männergruppe war für einen Moment verwundert.

»Aber ich sage euch ...«, sein Kopf kam vor, sein Blick eiskalt auf den Mann gerichtet, der Kira festhielt, »Ich bin nicht Jesus.«

Blitzschnell schoss seine Hand vor, packte den Mann hinter Kira beim Handgelenk und verdreht es, sodass sich Kira befreien konnte.

Die Gruppe baute sich vor Tákis und den anderen auf.

Alle betrunken, das wird eine schnelle Sache, war sich Niko sicher, als Julia sich an ihm vorbeidrängte.

»Immer nur Gewalt und Brutalität. Gewalt sollte nicht als Mittel der Konfliktlösung dienen, ihr solltet einfach gehen«, sagte sie mit einem freundlichen Grinsen und stellte sich vor den größten der Gruppe.

»Nein, wir sollten einfach dich und die kleine Schlampe mitnehmen und ...«

Weiter kam er nicht. Niko sprang vor und verpasste ihm eine Ohrfeige, die ihn zur Seite warf. Der Betrunkene stolperte und fiel bäuchlings zu Boden.

»So redest du nicht mit meiner Frau!«, fauchte Niko. Der danebenstehende Mann ging auf ihn los, kassierte aber im nächsten Moment eine doppelte Ohrfeige und gleich darauf einen Faustschlag gegen den Kopf, der ihn zu Boden schickte.

Danach drehte er sich zu Julia und meinte mit ruhigerer Stimme: »Ich bin mit Bud Spencer-Filmen aufgewachsen, soviel zu meiner Konfliktbewältigung. Was ist deine Ausrede?«

Julia registrierte, dass jemand hinter ihr näherkam und zum Schlag ausholte. Sie reagierte schneller, ihre Faust schoss nach hinten. Sie traf den Mann am Kinn und schwang dieselbe Faust nach unten und landete in seinen Weichteilen.

»Ich hatte eine komplizierte Jugend«, antwortete sie, während ihr Angreifer mit einem lauten Stöhnen zu Boden ging. Die restliche Gruppe wich eingeschüchtert zurück.

»Jetzt wäre der richtige Zeitpunkt, zu verschwinden«, riet Ryan den Betrunkenen, die sich gegenseitig aufhalfen und schleunigst aus der Bar verschwanden.

Kira richtete sich auf und blickte von Julia zu Tákis und Niko.

»Drei Verrückte, ein Gedanke. Ihr habt doch alle einen an der Schüssel«, meinte sie kopfschüttelnd, »Die nächste Runde geht auf mich.«

»Macht sie das öfters?«, fragte Tákis Niko, als sie wieder beisammensaßen.

»Ja.«

»Gute Frau«, meinte er anerkennend.

»Nachdem wir das nun geklärt hätten«, mischte sich Ryan ein, »Was hast du nun für mich geplant?«

»Kannst du pokern?«

Ein breites Grinsen huschte über Ryans Gesicht.

»Ja, ich spiele es sogar sehr gern. Aber online macht es weniger Spaß, ohne sein Gegenüber lesen zu können. Ich habe von einem Pokerturnier in Chania gehört, Christina ist zwar nicht sehr begeistert, doch ...«

»Vergiss Chania. Ich habe was viel Besseres für dich«, unterbrach ihn Niko mit einem verschwörerischen Grinsen.

An den folgenden Tagen zählte für alle nur, sich ganz auf die Vorbereitungen zu konzentrieren. Niko und Ryan nutzen einen kleinen, kühlen Privatraum an der Strandbar, um ihre Pokerkünste aufzubessern. Abwechselnd spielten sie online, gegeneinander, mit gezinkten und normalen Spielkarten. Dabei zeigte Ryan, wie gut er Menschen lesen konnte. Niko hatte keine Chance, einen Bluff bei ihm durchzubringen.

Julia übernahm es, zwischen den beteiligten Personen zu pendeln. Einerseits um alle zu motivieren, aber auch, um zu kontrollieren, ob alles nach Plan verlief. Nikos umfangreiche Einkaufsliste konnte tatsächlich vollständig besorgt werden. Kira, die diesen Part übernommen hatte, wunderte sich zwar über die Wünsche von Niko, gab aber das Nachfragen auf. Vielmehr unterstützte sie ihren Freund, welcher beim Kartenlesen von Tag zu Tag besser und schneller wurde.

Dennoch hatte Niko ein schlechtes Gewissen gegenüber Julia. Er hatte sich den Urlaub anders vorgestellt, erholsamer und mit mehr Zeit nur für sie beide. Als er nachmittags auf dem Balkon stand und mit diesen Gedanken zum Meer blickte, kam Alison zu ihm.

»Machst du dir Gedanken über deinen verrückten Plan?«, fragte sie.

»Auch.«

»Und alles nur wegen Kira und mir?«

Niko blickte seine Tochter an.

»Ich habe dir versprochen, auf dich aufzupassen ... und ich habe Kira versprochen, ihr zu helfen.«

»Du kannst nichts dafür, was mir passiert, das ist dir schon klar?«

Ryan erschien neben ihnen.

»Das ist ihm klar, aber er fühlt sich für dich verantwortlich«, sagte er und stellte sich der jungen Frau vor.

Als Niko die Flasche in seiner Hand sah, winkte er ab.

»Bitte nicht schon wieder.«

Ryan lächelte ihn versöhnlich an.

»Ich habe deiner Frau versprochen, ihr eine Kostprobe vorbeizubringen.«

»Was ist das?«, wollte Alison wissen.

»Kennst du Rakomelo?«, fragte Ryan.

Alison schüttelte den Kopf.

Ryan setzte sich zu ihnen.

»Na dann wird es Zeit, etwas Neues kennenzulernen.«

Niko schlug die Hände vor sein Gesicht.

»Das wird nicht gut enden.«

Niko sollte Recht behalten, denn kurz darauf gesellte sich Tákis zu ihnen. Er kam mit zwei Flaschen Raki und Rakomelo. Es dauerte bis kurz vor Mitternacht, bis die Flaschen geleert waren.

 Es folgte ein weiterer wolkenloser Tag, den niemand richtig nutzen konnte. Niko forderte Julia auf, den Tag mit Alison zu verbringen. Er machte sich auf den Weg nach Rethymno, um Thaumas und seine Freunde zu besuchen.

In der Garage wurde er an den Fahrzeugen vorbeibegleitet. In einem Hinterraum traf er auf Thaumas, der mit zwei Freunden an einem Gerüst bastelte.

»Morgen Niko. Deine Pläne waren ziemlich genau. Bist du hier um einen Versuch zu starten?«

»Wenn ihr schon soweit seid, gerne.«

Thaumas schnappte sich einen Laptop und setzte sich unter den Holztisch, der in der Mitte des Raums stand. Das Gerät, welches Niko ihnen zum Bau aufgetragen hatte, bestand aus einer Metallkiste, von der mehrere Kabel herausragten. Einige mit dem Laptop verbunden, die anderen endeten an einer Metallplatte, auf der mehrere runde Platten und Streifen montiert waren.

»Wie sieht es mit der Reichweite aus?«, fragte Niko.

»Der Magnetismus geht durch mindestens zehn Zentimeter Holz. Es sollte aber kein Metall dazwischen liegen.«

»Wie sicher ist das System?«, wollte Niko wissen.

Thaumas winkte einem seiner Freunde zu, der mit einem Roulette-Kessel zum Tisch kam und diesen über den Metallplatten platzierte. Aus der Hosentasche zog er eine weiße Kugel und warf sie Niko zu.

»Dieselbe Größe, dasselbe Gewicht, aber mit magnetischen Partikeln. Was die Genauigkeit betrifft ...«

»Zeig es mir«, fordert Niko ihn auf.

Auf Thaumas' Zeichen wurde der Kessel gedreht und Niko warf die Kugel hinein.

»Deine Zahl?«, wurde er gefragt.

»26«, wählte er spontan Alisons Alter.

»Rien ne va plus, nichts geht mehr«

Die Kugel rollte am oberen Rand entlang, wurde langsamer und fiel über eine der Metallrauten auf die Nummernkammern.

12, 35, ... 3 und ...

»Sechsundzwanzig, schwarz. Du hast gewonnen.«

Niko nahm die Kugel heraus und probierte es erneut. Wieder landete die Kugel auf der richtigen Zahl. Beim dritten Versuch aber landete die Kugel auf der Zahl 16, anstatt auf 24, die daneben lag.

»Das können wir nicht verhindern. Der Magnet zieht die Kugel bei neun von zehn Versuchen auf die gewünschte Zahl, aber es gibt zwischendurch immer wieder Ausreißer.«

»Es wird reichen«, war sich Niko sicher und reichte Thaumas die Hand.

»Alle Achtung, ihr habt einen perfekten Job gemacht«, lobte er die Runde.

»Werden wir damit Kira das Geld besorgen, um ein neues Schiff zu bauen, oder wie hast du dir alles Weitere vorgestellt?«, fragte Thaumas.

»Wir werden dafür sorgen, dass Viktor Samoros einen Denkzettel und Kira ihr Schiff bekommt.«

Zusammen mit Julia, Tákis und Despina erschien Niko an der Strandbar. Kira und Manos hatten zusammen mit Denise und Aléxandros einen großen Tisch in Beschlag genommen, auf dem schon die erste Runde an Cocktails stand, alle ausgetrunken.

»Wie läuft das Training, Manos?«, fragte Niko ohne sich mit einer Begrüßung aufzuhalten.

Manos erklärte, dass er inzwischen geübt darin war, die gezinkten Karten des Dealers und seiner Nachbarn schnell genug zu lesen. Auch den Fall, dass neue, nicht markierte Karten, im Spiel waren, übte er im täglichen Training.

»Und deine Nervosität?«

»Die muss ich in den Griff bekommen. Das alles ist aufregend und gefährlich. Was, wenn wir erwischt werden, oder trotz dieser ganzen Vorbereitungen nicht gewinnen? Ich kann noch so gut die Karten lesen, wenn das Pech auf meiner Seite ist ...«

»Think positive«, warf Julia ein, bevor sie aufstand und an die Bar ging.

Kurz darauf kam sie mit einem Tablet voller Cocktails zurück, die sie an alle verteilte.

»Wir haben noch einige Tage vor uns, heute werden wir uns einen netten Abend machen«, meinte sie, wobei sie ein verschwörerisches Grinsen in Nikos Richtung aufsetzte.

Nachdem Aléxandros einen großen Schluck von seinem Getränk gemacht hatte, wandte sich Niko ihm zu.

»Wie läuft es bei euch?«

Aléxandros zuckte zusammen und drückte sich in seinen Sitz.

»Alles bestens.«

»Wie läuft der Hausbau?«, bohrte Niko weiter nach. Neben ihm legte Julia ihr Handy auf den Tisch, auf dem eine Stoppuhr lief. Auf Kiras fragenden Blick, antwortete sie nur mit einem »Noch nicht.«

Da Aléxandros nicht sehr gesprächig war, berichtete seine Freundin Denise von den Fortschritten. Nach ihren Plänen wollten sie bis Ende des Jahres in das Haus einziehen.

»Ein paar Kleinigkeiten müssen noch geklärt werden und einige große Ausgaben stehen uns noch bevor, aber wir schaffen es«, war sie sich sicher.

Aléxandros blickte verlegen auf seinen Cocktail.

Entweder hat er dir nichts erzählt, oder du bist eine verdammt gute Lügnerin, dachte Niko.

»Ich habe inzwischen eure Abendgarderobe besorgt«, wechselte Kira das Thema, doch Aléxandros' plötzliches Aufstöhnen unterbrach sie.

»Was ist, Bruder?«

»Mir ist ...«, das Grummeln in seinem Magen war für jeden an dem Tisch zu hören, »Ich muss ...«

Er sprang auf und rannte an der Bar vorbei in Richtung der Toiletten.

»Es liegt hoffentlich nicht an meinem Abendessen«, meinte Denise.

Niko nahm sich Julias Handy.

»Nein.«

Denise sah ihn verwundert an.

»Sondern?«

»An der Zutat, die in seinem Cocktail war.«

»Wie bitte?«, fragten Denise, Kira und Manos gleichzeitig überrascht.

Niko zeigte ihnen die Stoppuhr.

»Ein Mittel, das in nicht einmal drei Minuten einen erwachsenen Mann außer Gefecht setzt.«

»Bist du völlig durchgeknallt?!«, fuhr ihn Kira an.

»Es dient zur Vorbereitung auf den großen Abend. In zehn bis zwanzig Minuten wird uns Aléxandros wieder beehren«, antwortete Niko völlig ruhig und nahm einen großen Schluck von seinem Cocktail.

Als Aléxandros mit blassem Gesicht zurückkehrte und von seiner Schwester aufgeklärt wurde, schüttelte er nur kurz den Kopf und setzte sich zu Denise.

»Willst du nichts dazu etwas sagen, Bruder?«, fragte Kira.

Er blickte kurz zu Niko, senkte dann aber wieder den Blick.

»Ich hätte gern etwas zu essen, mein Magen ist leer. Und ein neues Getränk, alkohol- und drogenfrei.«

Einige Tage später war es soweit, es war der letzte Tag vor dem Casino-Abend. Niko war den ganzen Tag damit beschäftigt, alle Beteiligten ein letztes Mal zu besuchen. Bei Thaumas holte er die Apparatur ab und befestigte sie auf Tákis´ Pick-up. Manos versicherte ihm, seine Nervosität unter Kontrolle zu haben und für den Abend bestens vorbereitet zu sein. Bei einer Runde Black Jack in Kiras Zimmer bewies er Niko, wie schnell er inzwischen die Karten lesen und darauf reagieren konnte.

»Ich hoffe, es wird reichen.« Kira klang unsicher.

»Es wird funktionieren«, versicherte ihr Niko.

»Und für mich hast du keinen Plan«, meinte Kira säuerlich.

»Das ist so nicht ganz richtig,« Niko erhob sich, »Du hast morgen Abend ebenfalls eine wichtige Aufgabe.«

»Und das fällt dir erst jetzt ein?«

»Jeder weiß das, was er wissen muss. Deine Aufgabe gehört zu einem Teil, den nur die wenigsten kennen.«

Er reichte Kira die Hand.

»Komm, wir machen einen Spaziergang.«

Das ›Porto Paradiso‹ war gut besucht, als sich Julia und Niko spät abends an die Bar setzten. Zur Begrüßung servierte Giannis ihnen ein Bier und Julias Lieblingscocktail.

»Kira hat erwähnt, dass es morgen soweit ist?«

»Ja«, sagte Niko. Dabei fiel sein Blick auf Giannis' Handgelenk. Auch der Barbesitzer trug eines der Armbänder der ›4ocean‹-Organisation.

»Das wird alles andere als ein normaler Ausflug ins Casino«, sagte Giannis.

Niko schwieg, Julia nickte Giannis zu.

»Will ich wissen, was ihr vorhabt?«

»Nein, willst du nicht«, meinte Julia.

»Noch nicht«, fügte Niko hinzu.

»Verstehe. Ich möchte euch nur bitten, passt auf die Mädchen und Jungs auf.«

Niko drehte sich zu Giannis und blickte ihn ernst an.

»Versprochen. Es wird niemanden etwas passieren.«

Wortlos trank das Paar ihr Getränk, den Blick in die Dunkelheit vor der Bar gerichtet. Für Außenstehende musste es aussehen, als wären sie zerstritten, dabei waren beide nur angespannt.

Eine Stunde später, kurz vor Mitternacht erschien Tákis an der Bar. Er deutete dem Barkeeper, dass er keine Zeit für einen Drink hatte, und steuerte zielstrebig zu Julia und Niko.

»Bereit für die Ausfahrt?«

Niko und Julia sprangen auf. Christina wartete bereits in Tákis' Wagen.

Eine halbe Stunde später standen sie erneut vor dem Casino, welches inzwischen schon prunkvoll hergerichtet war. Das Haus war mit eleganten

Lichterketten dekoriert, Palmen und Laternen bildeten ein Spalier vom Parkplatz zum Stiegenaufgang. Auf diesem war der rote Teppich bereits ausgelegt. Hinter den Fenstern hingen weiße, blickdichte Vorhänge, die keinen Blick nach innen erlaubten.

»Ich habe mich erkundigt, die Sicherheitssysteme werden morgen aktiviert. Noch können wir uns frei bewegen«, sagte Christina, während die anderen den Kofferraum ausräumten.

»Sehr gut. Trotzdem werden wir uns beeilen«, meinte Niko, der sich eine Kiste schnappte.

Sie trugen mehrere Kisten und Taschen in den Spielraum, wobei nur Niko genau wusste, was sich in ihnen befand.

»Christina, Julia, ihr beide nehmt die Spielkarten aus der blauen Tasche und tauscht sie beim Black Jack Tisch und dem Pokertisch aus. Die originalen Karten nehmt ihr mit. Im Nebenraum sollten Reservekarten liegen, auch die werden getauscht. Tákis, wir beide bauen das hier ...«, er deutete auf die Holzkiste neben sich, »unter dem Roulette-Tisch ein.«

Innerhalb einer Viertelstunde waren sie mit allem fertig und konnten die Heimreise antreten.

»Hast du eigentlich einen Notfallplan?«, fragte Christina im Auto.

»Den werden wir nicht brauchen«, meinte Niko.

Tákis brachte Julia und Niko zu ihrer Unterkunft, beide wollten nicht mehr zurück an die Bar. Der morgige Tag würde lang genug dauern, meinte Niko.

»Meiner auch, ich muss schon nachmittags zum Casino, da gibt es die letzten Einweisungen«, meinte Christina.

Tákis war ebenfalls ausgestiegen und reichte Niko die Hand.

»Ich freue mich, dich morgen zu sehen.«

Niko nickte ihm zu, sein verschwörerisches Grinsen verwunderte Christina, die von seinem Plan keine Details erfahren hatte.

Die Mittagssonne brannte unbarmherzig auf das fertig hergerichtete Casino herab. Zwei Minibusse rasten über die kurvige Straße auf den leeren Parkplatz, der von Staub und Steinen gesäubert war.

Zusammen mit einem Dutzend ihrer Kollegen stieg Christina aus dem Kleinbus, der sie abgeholt hatte.

»Die meisten von euch waren schon mehrmals bei diesem Event und kennen ihre Aufgaben. Die Neuen unter euch werden sich beim Team an der Eingangstür melden und anschließend instruiert«, rief der Fahrer ihnen unfreundlich zu.

Christina und Thaumas marschierten zur Eingangstür, wo sich ihnen einer der Türsteher in den Weg stellte.

»Dich kenne ich schon, aber diesen Burschen ...?«

»Mein Cousin. Er ist zum ersten Mal dabei, ich habe ihm aber schon alles genau erklärt. Nun zeige ich ihm seine Bereiche, damit er sich später auch wirklich nur dort rumtreibt. Ich weiß ja, wie genau ihr es damit nehmt«, meinte Christina spitz und ging an dem Anzugträger vorbei.

Ihr erster Weg führte Christina in die Küche. Noch bevor ihr jemand nachkam, schnappte sie sich eine der Rotweinflaschen und verschwand im Nebenraum. Dort war die Mikrowelle in einer Ecke bereits an der Steckdose angeschlossen.

»Und das soll funktionieren?«, zweifelte sie an Nikos Idee und legte die Flasche in die Mikrowelle. Sie stellte das Gerät auf höchste Stufe und die Dauer auf das Maximum.

Danach verließ sie den Raum, vergewisserte sich, dass niemand sie gesehen hatte, und ging zurück zu Thaumas, der im großen Raum auf sie wartete.

Im Spielraum herrschte hektisches Treiben. Die Croupiers wurden an ihren Tischen eingeschult, die Automaten von Technikern per Laptop überprüft. Bei den beiden Roulette-Tischen standen bereits kleine Holzschatullen, in denen die weißen Kugeln für das abendliche Spiel lagen.

»Du musst schnell sein«, erinnerte Christina Thaumas und näherte sich dem Croupier.

»Elias! So sieht man sich wieder«, grüßte sie den jungen Mann.

Dabei packte sie ihn an den Schultern, drehte ihn zu sich und umarmte ihn lange.

»Hallo ... ich, ähm, freue mich auch«, war Elias völlig überrumpelt von Christinas herzlicher Umarmung.

Thaumas nutzte die Ablenkung und schnappte sich die vier Kugeln in der Schatulle. Aus der anderen Hand ließ er vier identisch aussehende Kugeln in die Holzschachtel fallen und ging sofort einige Schritte weiter.

Christina ließ Elias los und zwinkerte ihm zu.

»Einen schönen Dienst, wir sehen uns später.«

Sie ließ ihn verdutzt stehen und folgte Thaumas. Oberlehrerhaft erklärte sie Thaumas, wann er mit den Getränken durchzugehen hatte und welche Tische tabu waren.

»An diesen sind spezielle Gäste, die nur von eigenen Kellnern bedient werden. Nicht nachfragen.«

Sie wandten sich wieder dem Roulette-Tisch zu.

»An diesem Tisch werden sich die meisten Gäste versammeln. Die Einsätze können in 5-Euro-Schritten erfolgen, kein Limit. Letztes Mal war es hier sehr hektisch, je später der Abend wurde. Du hast jederzeit ...«

Eine laute Explosion aus der Abstellkammer ließ alle zusammenzucken. Einige Angestellte zückten ihre Waffen und stürmten in die Küche. Die Kellner rund um Christina suchten Deckung hinter den Säulen. In der plötzlichen Hektik achtete niemand auf Thaumas, der die Situation nutzte, um blitzschnell neben dem Roulette-Tisch auf die Knie zu fallen und die weiße Abdeckung abzunehmen. Flink tauchte er unter den Tisch in die Ausbuchtung und ließ die Abdeckung wieder einrasten.

»Welcher Idiot hat die Mikrowelle eingeschaltet?«, hörte man eine wütende Stimme aus dem Küchenbereich.

»Da hat es eine Flasche zerfetzt. Mehr nicht«, rief eine andere.

Kurz darauf kamen die Männer heraus, stinksauer sahen sie durch die Runde.

»Weitermachen!«

Zwei Kellner wurden ausgesucht, um das Chaos in der Küche zu beseitigen. Christina kümmerte sich inzwischen um einen anderen Kellner, der zum ersten Mal dabei war. Niemand bemerkte, dass Thaumas verschwunden war.

Der Raum unter dem Roulette-Tisch bot Thaumas gerade genug Platz, um seinen Laptop und das Gerät zur Manipulation des Roulette-Tisches zu montieren. Während er im Raum die Stimmen der Anwesenden hörte, verhielt er sich still.

Erst nach zwei Stunden, als niemand mehr anwesend war, begann er mit seiner Aufgabe.

»So, jetzt geht's los«, flüsterte Thaumas.

»Despina hier«, meldete sich die Stimme in seinem Ohr.

»Ich höre dich, klar und deutlich«, bestätigte er ihr.

»Zur Info, alle Kameras sind online und senden bereits. Wie vermutet, es gibt keine Möglichkeit für einen Spaziergang.«

Thaumas stöhnte auf.

»Das heißt, ich werde hier eine lange Zeit verbringen. Ich mache mich an die Arbeit.«

Die Sonne war beinahe vollständig untergegangen, als der blaue Minibus vor dem Eingang zum Casino hielt. Neben der pompös dekorierten Eingangstreppe standen mehrere Anzugträger, die jeden Gast unter die Lupe nahmen. Ohne Einladung durfte keiner in das Gebäude. Niko stieg aus und öffnete die Schiebetür, aus der Julia, Manos und Aléxandros ausstiegen. Alle waren in eleganter Abendgarderobe gekleidet. Julia hakte sich bei Niko ein.

»Nervös?«

»Dafür ist jetzt keine Zeit«, meinte Niko trocken.

»Du redest mit mir, Honey«, erinnerte ihn Julia. Nach einer kurzen Pause, noch bevor sie die Treppen erreichten, antwortete Niko.

»Nicht nervös, aber sehr angespannt. Es wird eine lange Nacht.«

»Name?«, fragte der Anzugträger neben der Tür.

»Davos. Nikolaos und Julia.« Niko drückte ihm die Einladung in die Hand, eine exakte Kopie von Aléxandros´ Einladung mit seinem Namen darauf.

Manos und Aléxandros kamen ihnen hinterher, nur Aléxandros´ Einladung war original.

»Herr Papandreou, sie sind für das Pokerturnier gemeldet. Es beginnt pünktlich um 22 Uhr«, wurde Aléxandros informiert, »Einen schönen Abend.«

Gegenüber der Eingangshalle, auf einem kleinen Balkon stand Viktor Samoros und blickte auf seine Gäste hinab. Angelika stand neben ihm.

»Du hast dafür gesorgt, dass sie alle kommen?«

»Natürlich, Viktor. Gegen 23 Uhr sollten alle Kuriere anwesend sein. Unser Pokerprofi ist ebenfalls schon angekommen. Er sollte das Turnier relativ leicht für sich entscheiden. Und alles ...«, sie stockte kurz, als sie Niko durch die Tür kommen sah.

»Ist was?«, fragte Viktor Samoros.

»Nein, alles bestens. Ich achte nur darauf, welche Gäste wir heute haben.«

Wie erwartet herrschte bei dem Roulette-Tisch reges Treiben. Die Einsätze waren bei den wenigsten Gästen unter hundert Euro, manche forderten ihr Glück sogar mit Jetons im Wert von eintausend Euro heraus. Julia und Niko stellten sich an den Tisch, Aléxandros kam nach wenigen Augenblicken ebenfalls zum Tisch, wobei er Abstand zu ihnen hielt.

In den ersten Runden versuchten Julia und Niko ihr Glück mit den Farben Rot und Schwarz. Nachdem sie – ohne Thaumas' Hilfe – mehrmals gewonnen hatten, wollte Niko herausfinden, ob das installierte Gerät unter dem Roulette-Tisch funktionierte.

»28 ist eine schöne Zahl, die letzten beiden Zahlen waren schwarz, also probieren wir unser Glück«, meinte er, wohl wissend, dass Thaumas alles über ein kleines Mikrofon an Nikos Hemdkragen mithörte. Julia platzierte einen 100-Euro Jeton auf die Zahl und weitere auf Rot und Even – die geraden Zahlen.

»Rien ne va plus«, sprach der Croupier und ließ die Kugel mit Schwung in dem Kessel rollen. Nach mehreren Runden am oberen Rand senkte sich die Kugel, hüpfte über die rautenförmigen Erhebungen und über die Kammern mit den Zahlen. Beinahe landete sie in der Nummer sieben, fiel aber dann doch noch eine weiter.

»28, Rot.«

Julia stieß einen Jubelschrei aus.

»Siehst du, so einfach geht das. Ich habe es dir doch gesagt. Und jetzt? Was passiert jetzt, Honey?«

Sie übertrieb ihre Freude, während Niko versuchte sie zu beruhigen und den Gewinn entgegennahm. Den Einsatz ließen sie auf der Zahl liegen, ohne diesen zu beachten.

»Jetzt hast du viel gewonnen und wir können weiterhin unser Glück probieren. Du musst nur damit rechnen ...«

»Und ich kann auf alles setzen, was ich möchte und egal wie viel? Kann ich auch zwei Zahlen nebeneinander auswählen?«

Julias gespielte Unbeholfenheit gefiel Niko, was er sich aber nicht anmerken ließ.

»Ja, aber du solltest deinen Einsatz ...«

»Rien ne va plus«, kam die Meldung des Croupiers, dass sie ihre Jetons liegen lassen musste.

»Den Einsatz hättest du dir nehmen können, aber jetzt ist es zu spät«, erklärte er und sah dabei gespannt auf die Kugel.

Unter überraschenden Aufrufen landete die Kugel erneut in der Kammer mit der Nummer 28. Abermals jubelte Julia, fiel Niko um den Hals und nahm nun alle Jetons an sich, wobei sie auf Nikos Hinweis hin, dem Croupier einige Jetons überließ.

»Strapaziere dein Glück nicht zuviel«, riet Niko seiner Freundin, was gleichzeitig die Anweisung für Thaumas war, einige Runden auszusetzen. Dementsprechend verlor sie bei den folgenden Versuchen, die richtige Zahl zu erraten.

Nach einigen Minuten und dem Wechsel des Croupiers blickte Niko zu Aléxandros und nickte ihm fast unmerklich zu.

»Lass mich einmal versuchen«, bat er Julia und verteilte seine Jetons scheinbar wahllos.

»Schwarz ... ungerade ... das mittlere Dutzend ... und dann nehmen wir noch die Zahl 15«, murmelte er vor sich hin.

Gleichzeitig setzte auch Aléxandros auf die Zahl 15.

Als sich die Kugel in Bewegung setzte, wurde Niko leicht nervös.

Nur nicht übertreiben, wir haben noch den ganzen Abend Zeit, rief er sich ins Gedächtnis.

Thaumas' Konstruktion funktionierte erneut und die Kugel landete auf 15, schwarz.

Während alle Augen auf ihn und Julia gerichtet waren, konnte Aléxandros seinen Gewinn einstreichen und den Tisch verlassen. Sein nächster Auftritt sollte erst wieder in einer halben Stunde sein.

Julia hingegen zeigte sich übermütig, sie nahm ihren Stapel an Jetons und schob ihn auf Schwarz.

»Ich liebe diesen Kick!«, tönte sie übertrieben.

»Es kann aber auch schnell vorbei sein, das muss dir bewusst sein«, erinnerte sie Niko und fing sich einen tadelnden Blick ein.

»Ja, Papa, ich weiß!«

Dir gefällt diese Schauspielerei, dachte Niko.

»Rien ne va plus!«

Die Kugel wurde in den Kessel geworfen, als es in Nikos Ohr summte. Er trug einen kleinen, kaum sichtbaren Stecker, der ihn mit Despina verband.

»Welche Zahl? Thaumas weiß keine Zahl!«, rief Despina aufgeregt.

»Hoffentlich kommt Schwarz, sonst hast du fast alles verloren«, sagte er rasch.

Die Kugel sprang über die Kammern, es war nicht festzustellen, ob der Magnet sie lenkte. Bei der Nummer 8 blieb sie liegen.

»Acht, schwarz«

»Wir werden hier noch reich!«, freute sich Julia.

»Genau das hatten wir doch vor.« Niko sah sich um, ob ihre Glückssträhne schon Aufsehen erregt hatte. Aber scheinbar interessierte sich noch keiner für sie.

Über Lautsprecher, die bislang für unauffällig leise Hintergrundmusik sorgten, wurden die Teilnehmer des Pokerturniers zu Tisch gebeten.

Jetzt wird's ernst.

Niko blickte zu Ryan und wünschte ihm wortlos viel Glück. Dieser antwortete mit einem Nicken und formten mit den Lippen den Satz.

»Lass den Spaß beginnen.«

Sieben Personen setzten sich im Halbkreis an den Pokertisch. Sie saßen vor dem Croupier, ein junger, schlaksiger Mann, komplett in Schwarz gekleidet. Nachdem die Einladungen eingesammelt wurden, deutete er der nächstgelegenen Kellnerin, Getränkebestellungen aufzunehmen.

»Sie kennen alle die Regeln von Texas Hold'em Poker. Sie erhalten Chips im Wert von 100.000 Euro. Das Spiel beginnt mit einem Blind von zehn, die Big Blinds betragen jeweils das Doppelte. Nach zehn Runden oder dem Ausscheiden eines Spielers werden die Blinds erhöht. Bets dürfen in jeglicher Höhe erfolgen, No-Limit.

Es wird nicht mit einem Short Deck gespielt, somit sind alle Karten im Einsatz. Nach zwei Stunden gibt es eine kurze Pause, während des Spiels sind Unterbrechungen nicht erwünscht und führen zum sofortigen Ausscheiden. Ein Rebuy ist nicht möglich.

Ich wünsche ihnen gute Unterhaltung und ein spannendes Spiel.«

Nikos Platz, den er mit Aléxandros Einladung eingenommen hatte, war der erste Sitz, ganz links vom Croupier. Noch konnte er niemand an dem Tisch einschätzen. Ryan saß ihm gegenüber am anderen Ende der Spieler. Die erste Runde wurde ausgeteilt, wobei

Niko erleichtert feststellte, dass mit den markierten Karten gespielt wurde. Durch seine blauglasige Sonnenbrille leuchteten die Symbole auf der Kartenrückseite. Dennoch war sein Blatt so schlecht, dass er die Karten wegwarf. Zwei Runden später probierte ein Spieler einen Bluff. Mit zwei 4er-Karten und einem König auf dem Tisch setzte der Spieler sein halbes Guthaben. Sein Blatt, Herz-7er und Pik-Dame, half ihm dabei nicht. Niko hingegen hatte eine weitere 4er-Karte in der Hand. Er erhöhte den Pot und brachte seinen Gegenspieler dazu, ‚All in' zu gehen.

So leicht kann es weitergehen, dachte er, als er seine Jetons vorschob und seine Karten herzeigte.

Der Verlierer fluchte, sprang auf und marschierte ohne ein weiteres Wort davon.

»Damit haben wir einen Spieler weniger. Die Blinds erhöhen sich auf 50 beziehungsweise 100.«

Ryan nickte ihm anerkennend zu.

Weiter so, formulierte er lautlos mit den Lippen.

In Bali saß Tákis Frau Despina im abgedunkelten Zimmer vor ihrem PC. Auf dem Bildschirm waren mehrere Fenster geöffnet, die verschiedene Ansichten aus dem Casino boten. Ihre Tochter schlief friedlich im Gitterbett und gab ihr die Möglichkeit, sich auf die Gesichter zu konzentrieren. Auf einem weiteren Fenster waren verschiedene Personen zu sehen, bekannte und erfolgreiche Pokerspieler aus Europa.

Inzwischen hatte sie von allen fünf Pokerspielern ein Porträtbild und suchte im Internet nach dem angeblichen Profi.

»Vielleicht ist es kein Spieler, der in diversen Ligen teilnimmt, sondern einer von Samoros' Leuten, der einfach meint, gut zu sein«, überlegte sie laut.

»Sie werden nicht riskieren, den Gewinn zu verlieren«, meldete sich Tákis über den Lautsprecher. »Kannst du nach Pokerspielern suchen, die bereits Probleme mit dem Gesetz hatten?«, mischte sich Stelios ein, der ebenfalls noch auf seinen Einsatz wartete.

»Die Idee hatte ich schon. Mehrere Spieler haben sich schon ausgezeichnet, aber eher Trunkenheit, kleinere Pöbeleien. Ich bin gerade ... Bingo!«, rief Despina triumphierend.

»Du hast ihn gefunden!«, stellte Tákis nüchtern fest.

»Genau. David Schein, Spieler aus Deutschland. Er hat schon einige internationale Turniere gewonnen, es gibt aber Vermutungen, dass er mit Drogen zu tun hat.«

Sie verglich nochmals die Person, die neben Niko saß, mit dem Bild eines Interviews, dass sie im Internet gefunden hatte.

»Er ist es, hundertprozentig. Gebt Christina Bescheid.«

»Wir haben nun zwei Stunden gespielt, Zeit für eine kurze Pause. In zwanzig Minuten wird weitergespielt, bitte kommen Sie pünktlich wieder«, verkündete der Croupier.

Niko erhob sich und ließ alle Spieler an ihm vorbeigehen. Christina folgte einem der Spieler und nickte ihm zu.

Mein Nachbar also. Ein wirklich guter Spieler, der bislang auch schon einiges angesammelt hat. Zu schade, dass es jetzt vorbei sein wird.

Kaum stand der Mann an der Bar, kam Christina zu ihm, setzte ein verführerisches Lächeln auf und fragte: »Was darf ich Ihnen zu trinken bringen, es geht aufs Haus.«

»Schade, dass es nur um einen Drink geht. Vielleicht gibt es nachher, wenn ich dieses lächerliche Turnier gewonnen habe, mehr als nur einen Drink von dir?«

Christina behielt ihr Lächeln und lehnte sich leicht nach vorne.

»Wenn Sie das nach Mitternacht fragen, würde ich sehr gerne zustimmen.«

»Wenn das so ist, dann bring mir einen Manhattan, Schnitte.«

Seine arrogante Art prallte an ihr ab, mit gespielter Freundlichkeit verschwand sie und kam binnen einer Minute mit dem gewünschten Drink zurück.

Ohne sich zu bedanken, nahm der Spieler einen großen Schluck und wandte sich von ihr ab.

Christina drehte sich um, schlenderte wie zufällig an Niko vorbei und flüsterte ihm zu: »Er hat es geschluckt.«

Alle Spieler bis auf den Profispieler erschienen pünktlich wieder bei dem Pokertisch, wo eine junge Frau, ebenfalls in Schwarz gekleidet, den Croupier ersetzte. Niko und Ryan ignorierten sich, um niemanden vermuten zu lassen, dass sie sich kannten.

»Ich habe erfahren, dass ein Spieler aus gesundheitlichen Gründen ausgeschieden ist. Sein bisheriger Pot wird einbehalten. Und nun, meine Herren, spielen wir weiter.«

Womit der Profispieler erledigt wäre, dachte Niko und konzentrierte sich wieder auf das Spiel. Die erste Runde wurde ausgeteilt, doch Nikos Karten versprachen keine Chancen auf einen Gewinn. Erst nach vier Runden hatte er ein Blatt, das ihm zu einem Sieg verhalf. Er versuchte, seine beiden Mitspieler möglichst hoch bieten zu lassen, zeigte sich unsicher mit seinem Blatt und versuchte nervös zu wirken. Sein Bluff gelang, seine Jetons wurden beinahe verdoppelt.

Ruhig bleiben, einfach weiter so, ermahnte er sich zur Konzentration.

Die Karten verschwanden in einem Schlitz neben der Croupière und aus der Maschine wurden neue gezogen und ausgeteilt.

Niko stutzte. Von den ausgeteilten Karten war nur die Hälfte markiert.

Ach du Scheiße, was ist jetzt los?

Ohne eine Miene zu verziehen, blickte er auf seine beiden Karten, ein Herz-Ass und eine Karo-5.

Bei seinen Mitspielern konnte er nur von zwei Spielern die Karten lesen. Der Flop wurde aufgelegt und brachte einem Spieler zwei Pärchen. Niko warf die Karten verdeckt von sich.

»Fold«, grummelte er.

Ryan sah fragend zu ihm.

Neue Karten, nicht alle lesbar, formulierte Niko lautlos mit den Lippen. Ryans Reaktion zeigte ihm, dass er ihn verstanden hatte.

Dann müssen wir eben auf legalem Weg gewinnen.

Keine zehn Minuten später waren die Karten des Pokerspiels derart durchgemischt, dass Niko in einer Runde keine Karten lesen konnte, dann waren beinahe alle Karten gezinkt. Es saßen noch vier Spieler am Tisch, wobei Ryan nahe am Verlust aller Jetons war. Nikos Jetons schwanden ebenfalls langsam dahin, auf Bluffs mit schlechten Karten wollte er sich nicht mehr einlassen.

Niko erhielt seine Karten, Herz-Zehn und Karo-Zehn. Nur ein Spieler entschied sich, mitzugehen, von seinen beiden Karten konnte Niko nur eine lesen, eine Herz-Dame.

Die Croupière deckte den Flop auf, drei Pik-Karten. Die Sieben, die Zehn und eine Dame.

Ein Drilling und er hat mindestens ein Paar. Und das Risiko eines Flushs, fünf von einer Farbe.

Nikos Mitspieler erhöhte um ein paar Jetons. Niko blieb ruhig, erhöhte um zweitausend Euro und lehnte sich grinsend zurück. Das Grinsen blieb, innerlich fluchte er aber, als sein Gegenüber seinen ganzen Berg an Jetons in die Mitte schob.

»All In.«

Fuck, das sind mehr als ich habe.

Er ließ sich nichts anmerken und schob seine angesammelten Jetons in die Mitte.

»Da gehe ich mit.«

Niko faltete die Hände und stützte seinen Kopf nachdenklich darauf. Die nächste Karte der Croupière konnte er lesen, eine Herz-Sechs.

Ein Flush ist immer noch möglich für ihn, aber unwahrscheinlich.

Er überlegte weiter, als die Dame den Kartenstoß vor ihr bewegte. Die letzte der fünf Karten konnte er ebenfalls lesen.

Eine Neun, keine Dame. Er kann nur gewinnen, wenn er noch eine Dame hätte. Wenn er einen Drilling hätte, wäre er nicht sofort All In gegangen, war sich Niko sicher.

»Dann zeig her«, forderte er sein Gegenüber auf und schob seine Jetons in die Mitte.

Der Spieler zögerte und deckte seine Dame auf. Niko ließ seine Karten mit einem Fingerschnippen aufklappen und präsentierte seine beiden Zehner-Karten.

»Ein Drilling auf dieser Seite«, sagte die Croupière mit ruhiger Stimme, »und hier sind zwei Damen ...«

»Das ist so nicht ganz richtig«, unterbrach der Mann und sein nervöser Gesichtsausdruck wechselte zu einem breiten, hämischen Grinsen. Langsam wendete er die zweite Karte und warf sie direkt zu den aufgedeckten Karten in die Mitte des Tisches.

Eine Acht? Acht Karo, was will er ...

Niko erkannte seinen Fehler und war versucht aufzuspringen und loszubrüllen.

»Nicht zwei Damen, sondern eine Straße, von Sechs bis Zehn«, erklärte die Croupière und sammelte die Karten ein.

Wie blöd muss man sein? Wie konnte ich das übersehen?

Niko kochte vor Wut auf sich selbst. Langsam erhob er sich, blickte zu Ryan, der ihn geschockt ansah. Niko zuckte mit den Schultern und nickte ihm zu.

Viel Glück, formte er mit den Lippen.

Wortlos drehte er dem Tisch den Rücken zu und marschierte in Richtung Ausgang. Dabei achtete er nicht auf die Menschen rund um ihn, wobei ihm manche erst im letzten Moment Platz machten, damit er nicht in sie hineinlief. Manos, der gerade seinen Gewinn eingelöst hatte, stellte sich Niko in den Weg.

»Verloren?«

»Ja.«

»Und jetzt? Wir haben mit dem Pokerturnier kalkuliert ...«

»Jetzt gehe ich«, sagte Niko trocken.

Manos wollte noch etwas erwidern, doch Niko ging ohne ein weiteres Wort an ihm vorbei. Julia tauchte neben Manos auf.

»Lass ihn, er ist gerade ziemlich sauer.«

»Aber ...«

»Konzentrier dich auf deine Aufgabe«, ordnete sie ihm an und ging zurück an die Bar.

»Elvis hat das Gebäude verlassen«, murmelte sie, gerade laut genug, damit es Despina und einige andere über ihre Kopfhörer verstanden.

Eine Stunde später stand Manos vom Blackjack-Tisch auf und sammelte seinen neuen Stoß an Jetons zusammen. Er hatte nicht mitgezählt, schätzte ungefähr 150 Stück Münzen, deren Wert nicht unter 100 Euro war. Er beeilte sich zur Kassa und baute mehrere Stapel vor der Dame hinter dem Panzerglas auf.

»Sie hatten wohl viel Glück heute.«

»Ja, es ist sehr gut gelaufen.« Manos bemühte sich, seine Nervosität zu verstecken. Doch als neben ihm ein Mann im schwarzen Anzug auftauchte, einen Kopf größer als er und bedrohlich muskulös, zuckte er zusammen.

»Nicht anfassen.«

»Wie bitte?«, Manos spürte, wie ihm den Schweiß aus den Poren drückte, »Aber ... Das ist mein Gewinn vom ...«

Die Hand des Muskelmanns packte seinen Unterarm und zog ihn zur Seite.

»Heute gewinnt hier nur einer. Und das bist nicht du.«

Die Worte machten keinen Sinn für Manos, zu einer Erwiderung kam er aber nicht mehr.

»Polizei! Das ist eine Razzia, bleiben sie alle ruhig. Die Ausgänge sind gesichert, es hat keinen Sinn zu flüchten.«

Die Stimme gehörte zu Angelika, die plötzlich mitten im Raum stand, neben ihr mehrere Männer mit derselben Statur wie Manos' neuer Freund. Durch die Eingangstür stürmten mehrere Polizisten mit schusssicheren Westen, Helmen und Sturmgewehren in den Raum. Das Aufschreien der anwesenden Gäste war binnen Sekunden unterbunden, die Waffen schrecken alle davon ab, sich zu rühren.

»Wir werden alle Personalien aufnehmen, verhalten sie sich ruhig und kooperieren sie, dann ist das alles schnell vorbei«, rief Angelika und teilte ihre Männer mit ein paar Gesten ein.

Ein Raunen und mehrere Beleidigungen waren zu hören, doch niemand lehnte sich gegen die Übermacht an Polizisten auf.

Als Angelika vor Manos stand und auf den Stapel an Jetons blickte, schmunzelte sie.

»Du gehörst zu Niko, stimmt's?«

Manos nickte.

»Tut mir leid, aber es wird heute kein Geld geben.«

»Aber der Gewinn? Wir wollten doch ...«

»Ich weiß, aber ich habe einen Job zu erledigen. Da habe ich keine Zeit für euren Kindergarten. Ich werde euch alle hier rausholen und gehen lassen, dafür reden wir nicht über manipulierte Spiele und gezinkte Karten.«

Bei den Eingangsstiegen wurden Manos, Julia und die anderen zusammengebracht. Es genügte eine kurze Anweisung von Angelika und die Beamten entließen sie.

»Geht nach Hause«, meinte Angelika zu Julia, die sie mit ruhigem Blick ansah.

Inzwischen war Alison mit einem Kleinbus aufgetaucht. Sie sprintete zu Angelika und flog sie giftig an: »Du Bitch hast genau gewusst, was wir heute hier vorhaben ...«

»Und ich habe niemanden festgehalten, obwohl sich jeder von euch des Betrugs strafbar gemacht hat. Ich weiß, dass ihr ehrbare Absichten hattet, aber ich habe hier meine Aufgabe. Wir sind hier nicht im Kindergarten, also, Kleine ...«

»Ich bin sicherlich nicht ihre Kleine. Kommt, lasst uns fahren!«, keifte sie und marschierte wutentbrannt zum Wagen zurück.

»Alles umsonst. Dieses Weib hat uns reingelegt. Sie hat genau gewusst, dass wir da sein werden. Sie hat uns das ganze gewonnene Geld abgenommen«, fluchte sie und warf sich in den Sitz der hinteren Reihe des Fahrzeugs.

»Noch dazu ist sie im Recht, da sie von den Tricks weiß oder sie finden wird«, warf Manos ein, »Die ganze Aufregung, das Studieren ... Alles umsonst.«

Julia ging langsamen Schrittes zu ihnen, als ihr Handy piepste. Sie zog es aus ihrer Handtasche, blickte kurz auf das Display und verstaute es wieder. An der wütenden Unterhaltung beteiligte sie sich mit keinem Wort. Hinter ihr kam es zu einem Tumult, als Viktor Samoros herausgeführt wurde. Sie drehte sich um und sah zum ersten Mal den Mann, der für alles verantwortlich war.

Der Mann machte den Eindruck eines eleganten Geschäftsmannes um die fünfzig Jahre. Seine massige Gestalt steckte in einem dunklen Anzug. Selbst auf die Entfernung konnte Julia eine dicke Goldkette um den Hals des Glatzkopfes erkennen, ebenso wie seinen verärgerten Gesichtsausdruck.

Julia dachte gerade, wie wütend er auf seine rechte Hand Angelika sein musste, als sich Viktor Samoros von seinen beiden Bewachern losriss.

»Was soll das denn? Wo willst du hin?«, rief Angelika, doch er rannte los, genau in Julias Richtung.

Sie ließ ihn näherkommen, machte den Anschein, ihm auszuweichen. Doch dann vollführte sie eine Drehung und verpasste dem Mann mit aller Wucht einen Faustschlag. Völlig überrascht und ohne jegliche Gegenwehr stolperte Viktor Samoros einen Schritt zurück und ging zu Boden. Julia war sofort bei ihm und beugte sich zu ihm hinunter.

»Der war für meine Tochter«, zischte sie ihm zu.

»Wer?«, stammelte Viktor Samoros verwirrt.

»Niemand legt sich mit einer MacHart an.«

Sie zog ihn hoch und hielt ihn weiter fest.

»Und bevor ich es vergesse: Danke für die finanzielle Unterstützung. Keine Sorge, die Drogen werden sie in deiner Villa finden, aber nur sehr wenig Geld«, fauchte sie leise.

Viktor Samoros fluchte, zappelte und wollte etwas entgegen, doch drei bullige Polizisten, die ihn aus Julias Armen übernahmen und äußerst unsanft mitzogen, gaben ihm keine Möglichkeit mehr, sich zu äußern.

Angelikas und Julias Blicke trafen sich. Der Blick der Polizistin verriet Julia, dass sie sich nicht sicher war, ob Nikos Plan nun völlig ins Wasser gefallen war, oder die

Gruppe noch etwas in der Hinterhand hatte. Julia schenkte der Frau ein kurzes, spöttisches Grinsen und folgte ihrer Tochter in den Wagen.

»Jetzt sind wir vollzählig«, sagte Ryan, nachdem Julia neben Thaumas Platz genommen hatte und die Schiebetür schloss.

Nach fünf Minuten Schweigen drehte sich Manos vom Beifahrersitz zu ihnen um.

»Und jetzt? Wo ist Niko? Und wer wird es Kira erzählen?«

Alison wandte sich an Julia, deren Grinsen immer breiter wurde.

»Wie sieht es aus?«, fragte sie, plötzlich nicht mehr aufgebracht, sondern ruhig und scheinbar gut gelaunt.

Julia lehnte sich zurück und antwortete: »Mission completed.«

Die beiden Frauen grinsten sich verschwörerisch an, während sich Manos und Thaumas über die Aussage wunderten.

Ryan begleitete Alison und Julia in ihr Zimmer. Dort erblickte Alison als erstes eine Statue, die auf dem Couchtisch stand.

»Steigen wir jetzt ins Drogengeschäft ein?«

»Nein«, meldete sich Niko, der mit Gesellschaft auf dem dunklen Balkon saß.

Julia nahm die Poseidon-Statue, die genauso aussah, wie die aus Drogen hergestellten Figuren, in die Hand.

»Sie ist viel schwerer. Ist sie aus echtem Gold?«

»Gut erkannt, Schwägerin«, antwortete Stefanos, ebenfalls vom Balkon.

Mit der Statue in der Hand kam Julia zu den Brüdern und Tákis ins Freie. Auf dem Tisch zwischen ihnen standen eine halbleere Flasche Raki und eine Flasche Rakomelo.

»Ich sehe, ihr habt wieder eine gemütliche Männerrunde«, meinte Julia, während Alison mehrere Gläser holte.

»Dein Liebling feiert wohl seinen absolut verrückten, irrsinnigen und doch geglückten Plan.« Ryan nahm Alison die Gläser ab und griff nach den Flaschen.

»Likör oder Schnaps?«

Mit einem breiten Grinsen setzten sich Julia und Alison zu den Männern.

»Rakomelo, was sonst. Dann lasst mal hören Jungs«, forderte sie die Männer auf.

Drei Stunden zuvor

Kaum hatte Niko das Casino-Gebäude verlassen, riss er sein Mikrofon ab und warf es achtlos zu Boden. Er wollte schon weitergehen, als er nochmals auf das kleine elektronische Gerät blickte. Mit einem Schmunzeln hob er den Stöpsel auf und beförderte ihn in den nächsten Mülleimer.

Umweltschutz geht vor.

Er marschierte über den voll besetzten Parkplatz weiter zur Zufahrtsstraße. Die Straße war unbeleuchtet, schon nach wenigen Metern war Niko im Dunkeln unterwegs. Nachdem er sich mehrmals vergewisserte, dass ihm niemand folgte, verschwand der Groll aus seinem Gesicht.

Ich hätte gerne noch länger gespielt, vielleicht hat Ryan mehr Glück und Können. Egal, der Plan läuft wie geschmiert.

Den Weg hatte er sich genau eingeprägt. Nach einer Kurve gelangte Niko zu einer Parknische direkt an den Klippen. Dort angekommen zog er sein Handy und wählte eine Nummer.

»Kobra hol mich ab. Wir starten früher«, sagte er und legte wieder auf.

Niko blieb nahe der Klippe stehen und blickte über die dunklen Hügel, bis zu den Lichtern einiger Küstenorte. Er fokussierte seine Gedanken auf den folgenden Einsatz und für einen kurzen Moment kamen ihm Zweifel.

Bislang ist alles gut gegangen, aber jetzt? Ich muss so vielen Leuten vertrauen und alle vertrauen meinem durchgeknallten Plan.

Rotorengeräusche aus der Ferne unterbrachen seine Gedanken. Das Geräusch kam schnell näher und Niko verbannte seine Gedanken, um sich zu konzentrieren.

Mit spärlicher Beleuchtung kam ein Hubschrauber näher. Unter den Kufen hing ein Seil herab, an dessen Ende ein kleines Licht blinkte. Drei Meter über Niko positionierte sich der Hubschrauber, das Seil baumelte direkt vor Niko. Er griff nach dem Seil und kletterte hinauf.

An Bord wurde er von Kira und Stefanía begrüßt. Außerdem wurde ihm ein neuer Ohrstöpsel ausgehändigt.

»Sílas, dein Bruder und Tákis sind bereits vor Ort. Wir sind in fünfzehn Minuten am Ziel.«

Der Pick-up hielt vor dem Schranken, der die Straße zur Festung versperrte. Sofort kamen zwei Männer herausgestürmt, beide mit einem Gewehr in der Hand.

»Das ist eine Privatstraße!«, rief einer der Männer dem Wagen entgegen und wedelte mit der Waffe.

Stefanos stieg aus, die Kapuze seiner knielangen Mönchskleidung nach hinten geschlagen. Seine Hände waren vor seinem Körper verschränkt und in den Ärmeln der Kutte verdeckt. Langsam ging er auf den Mann zu.

»Er erinnert mich an diese Jedis aus Star Wars«, flüsterte Sílas Tákis zu.

»Dann möge die Macht mit ihm sein«, antwortete Tákis trocken.

»Mein Freund, ich möchte wirklich gerne diesen Weg ...«, begann Stefanos mit ruhiger Stimme.

»Es ist mir egal, was du willst und ich fange auch nichts mit Religion an. Dreht um, oder wir sorgen dafür, dass ihr zu Fuß zurückgeht.«

»Das ist nicht sehr nett von dir, mein bewaffneter Freund.«

Inzwischen war der Zweite ebenfalls zu ihnen gekommen.

»Wir sind nicht deine Freunde und jetzt zieh ab!«, fuhr er Stefanos an.

»Nun, ich sehe, ihr wollt mir meine Bitte nicht erfüllen.«

»Noch einmal, Mönch: Setz dich in dein Auto und fahr los. Oder ich sorge dafür ...«

»Dass wir zu Fuß gehen müssen, ich weiß, mein Freund. Aber was machen wir dann mit all den Feuerwerksraketen auf der Ladefläche? Und wie sollen wir dann unseren Freunden helfen, die bereits auf dem

Weg hierher sind?« Stefanos Aussage sorgte für perplexe Gesichter. Dann ging es plötzlich blitzschnell. Stefanos zog die Hände hervor, in jeder einen Elektroschocker, und setzte beide an den Männern an. Die blauen Blitze erleuchteten die Dunkelheit für eine Sekunde. Ohne ein weiteres Wort und unfähig zu handeln, gingen beide Männer zu Boden. Stefanos zog zwei Handschellen unter seiner Kutte hervor und legte sie den beiden Gelähmten an. Es folgte ein Klebeband, mit dem er den Männern den Mund zuklebte.

»Keine Sorge, in Kürze wird man euch finden«, erklärte er und stand auf. Er hatte sich schon einige Schritte entfernt, als er sich noch einmal umdrehte.

»Ich werde für euch beten, meine Freunde. Gott sei mit Euch«, sagte er und malte mit der Hand ein Kreuzzeichen in die Luft.

Niko hing erneut am Seil unter dem Hubschrauber. Vor ihm lag die Festung schemenhaft im Dunkeln. Nur der Innenhof wurde von einigen Scheinwerfern schwach ausgeleuchtet. Außerdem erkannte er den Pick-up von Stefanos vor dem geschlossenen Tor zur Festung.

»Wir haben alles aufgebaut. Auf euer Kommando«, meldete sich Stefanos über Funk.

Der Hubschrauber senkte sich, bis Niko knapp zwei Meter über dem Weg schwebte. Er sprang hinab und landete vor der Festungsmauer. Neben ihm tauchten Tákis und Stefanos auf.

»Sílas ist bereits losgerannt«, informierte ihn Tákis.

Ohne ein weiteres Wort holten sie mehrere Pakete hervor und platzierten sie an der Mauer.

»Das reicht, wir wollen nicht die ganze Festung einreißen. Despina, Musik!«, sagte Niko und lief los.

Sechzig Kilometer Luftlinie entfernt startete Despina vom Computer aus den zuvor von Niko gewünschten Song, ›Last Action Hero‹ von Tesla.

»Wie kommt man nur auf so einen Song?«, wunderte sich Despina.

»Netter Film aus meiner Jugend«, gab ihr Niko als Antwort.

Mit dem Intro in den Ohren blickte Stefanos über die Steuerkonsole zu den aufgebauten Raketen und Feuerwerksbatterien vor dem geschlossenen Eingangstor.

»Kira wird uns verfluchen, von wegen Feinstaub und Umweltschutz.«

»Dynamit und Raketenwerfer waren leider nicht im Angebot«, meinte Tákis und lief Niko hinterher.

»Na dann, lassen wir es krachen ... in drei, zwei eins ...«, zählte Stefanos und drückte den roten Knopf an der Steuerung.

Mit ohrenbetäubendem Knall schossen die Raketen gegen das massive Holztor. Funken sprühten, kleinere Flammen verteilten sich über das Tor. Das Holz knarrte unter den dumpfen Einschlägen der unterschiedlichen Feuerwerksraketen.

Gleichzeitig ließ Sílas auf der gegenüberliegenden Seite der Festung die montierten Sprengsätze detonieren. Mit einem dumpfen Knall wurde ein Loch in die Mauer gerissen. Steine flogen durch die Luft und krachten unweit des Trios zu Boden. Der Knall ging im Getöse der Feuerwerkskörper unter.

»Fünf Minuten!«, schrie Sílas.

Auch im Hubschrauber wurde es laut. Kira riss die Seitentür auf, während der Hubschrauber direkt über dem Innenhof schwebte. Sie gönnte sich einen Moment, um das farbenprächtige Schauspiel am Haupttor zu bewundern. Die Feuerwerksraketen hatten nicht die Kraft, um das Tor zu zerstören, doch das war auch nicht der Plan. Die Männer in der Festung liefen ins Freie und sahen sich überrascht um. Weitere Scheinwerfer wurden eingeschaltet, sodass der Innenhof binnen Sekunden hell ausgeleuchtet wurde. Zwei Männer machten sich auf den Weg, die Mauer hinaufzusteigen, zwei weitere rannten mit ihren Waffen in der Hand in Richtung des Tors.

Der Hubschrauber senkte sich über den Innenhof herab und wurde mit großer Überraschung wahrgenommen. Noch bevor die Männer reagieren konnten, schleuderte Kira ihnen geschlossene Gläser mit selbstgebastelten Rauchbomben entgegen. Im herumwirbelnden Staub zerbrachen die Gläser auf dem Boden und zündeten mit einem lauten Zischen. Binnen Sekunden stiegen dichte Rauchschwaden in unterschiedlichen Farben auf und trieben die Männer auseinander. Trotz des Lärms des Rotors konnte sie hören, wie unter ihr Anweisungen zugeschrien wurden und sich Panik ausbreitete.

»Kira, die Säcke!«, rief Stefania.

»Ihr wisst, dass ich das nur sehr ungern ...«

»Diskutieren kannst du später!«, wurde sie von Niko lautstark unterbrochen.

Sie nahm zwei große, prallgefüllte Plastiksäcke und richtete sie an der offenen Tür aus. Der Hubschrauber gewann an Höhe, als Kira den Klippverschluss öffnete und den Inhalt unter sich entleerte.

Unter ihr waren einige der überraschten Männer zusammengelaufen und blickten hinauf, als sie eine Mischung aus Zigarettenasche, glitzerndes Konfetti und Aluminiumstreifen auf sie hinabregnen ließ. Die Mischung aus Scheinwerferlicht, Staub, Asche und Konfetti sorgte für ein Blitzlichtgewitter. Der Staub behinderte nicht nur die Sicht, sondern brannte auch in den Augen. Die Verwirrung war perfekt. Einige ungezielte Schüsse in die Luft machten Stefanía und den anderen aber unmissverständlich klar, dass sie nicht zum Spaß hier waren.

Mit leeren Taschen und Rucksäcken rannten Niko, Sílas und Tákis durch die Mauer hindurch, zielsicher auf das Gebäude mit der Stahltür.

Sílas hatte einen sechskantigen Metallstab in der Hand, der an einem Ende eine kleine Vorrichtung aufwies. Bei der Tür angekommen, befestigte er den Stab neben dem Schloss und deutete Niko und Tákis, in Deckung zu gehen.

»Fünf Sekunden!«, sagte er, als er neben ihnen um die Ecke bog.

Niko wusste nicht, was genau Sílas vorhatte, er hatte nur erfahren, dass sie innerhalb von maximal dreißig Sekunden durch zwei massive Türen kommen würden.

Durch die Ablenkung aus der Luft achtete niemand auf sie, doch als die Tür mit einem lauten Knall aus der Verankerung gesprengt wurde, wurde einer der Männer aufmerksam. In diesem Moment regnete es weitere aufblitzende Knallkörper herab. Mehrere Feuerwerkskörper explodierten bereits in der Luft. Grelle Blitzlichter flogen durch die Luft und über den Boden und sorgten für Ablenkung. Die Mischung, die Sílas und Stefanía aus den Feuerwerkskörpern zusammengestellt hatten und nun auf die Männer herabregnete, knallte nicht nur laut, die Partikel brannten besonders hell und ließen die Männer nervös durcheinanderlaufen.

Während Niko darauf achtete, dass niemand zu ihnen kam, liefen Tákis und Sílas die Stiegen hinab. Nur wenige Sekunden später waren sie wieder bei ihm.

»Augen zu, Thermit brennt extrem hell«, rief Sílas, während der Raketenregen seinen Höhepunkt erreichte. Dennoch hörten sie im nächsten Moment die Zündung vom Ende der Stiegen. Ein greller Blitz schoss zu ihnen hinauf. Trotz geschlossener Augen konnte sich Niko ausmalen, wie sich die Chemikalie gleißend hell durch den Stahl fraß.

»Drei Minuten!«, rief Niko und spurtete los. Die Zeitangabe war jedem bekannt, sie alle hatten das Lied oft genug gehört, um sich die Zeit einzuprägen.

Du dritt stürmten sie den Safe und griffen zu. Geldpakete wurden in die Taschen gestopft, ebenso Goldmünzen und kleine Etuis, die mit Diamanten gefüllt waren. Auf einem Regal sah Niko eine Poseidon-Statue, wie er sie im Drogenlabor gesehen hatte. Als er sie in die Hand nahm, bemerkte er den Gewichtsunterschied.

»Du bist wohl die Originalversion«, meinte er und steckte die Statue ein.

Mit vollen Taschen rannten sie zurück und durch das Loch in der Mauer, wo bereits Stefanos im Wagen auf sie wartete.

»Ihr habt ein Taxi bestellt?«

Die Taschen und Rucksäcke wurden auf die Ladefläche geworfen und die Männer stiegen ein.

Mit den letzten Klängen des Songs startete Stefanos den Wagen und fuhr mit durchdrehenden Reifen los.

Den folgenden Song erkannte jeder im Fahrzeug schon nach wenigen Sekunden, AC/DC mit ›Thunderstruck‹.

»Gleich dürfen wir jubeln.«

»Erst wenn wir auf der Hauptstraße sind«, ermahnte ihn Niko.

Der Wagen raste am Eingangstor vorbei, einige Meter über ihnen folgte ihnen der Hubschrauber. Die Scheinwerfer leuchteten die Piste vor ihnen aus, wobei sich Stefanos nicht die Mühe machte, den Schlaglöchern auszuweichen.

Bei der Hütte am Ende der Piste hatten sich die zwei Wärter inzwischen vom Angriff erholt und liefen auf die Straße, ihre Waffen im Anschlag.

»Darauf habe ich gehofft«, meinte Niko grimmig.

»Ich habe es befürchtet«, meldete sich Kira aus dem Hubschrauber.

»Die Raketen!«, ordnete Niko an.

Kira seufzte.

»Und wenn du glaubst, es geht nicht mehr verrückter, kommt der alte Mann mit dem nächsten Wahnsinn.«

Sie hatte bereits neben der offenen Tür eine Batterie an Feuerwerkskörper befestigt und nahm die Zündvorrichtung in die Hand.

»Ich bin bereit, senk die Nase.«

Stefanía überholte den Lastwagen, kippte den Hubschrauber nach vorne und wirbelte damit noch mehr Staub auf. Dann zündete Kira das Feuerwerk.

Mehrere Feuerwerkskörper zischten gleichzeitig los. Die Raketen schlugen vor den beiden Männern auf der Straße ein, explodierten funkenreich und ließen sie zurückschrecken. Eine zweite Salve flog über ihren Köpfen hinweg, prallten an den Bäumen ab und sorgten für einen Funkenregen, während andere in die Nacht rasten und über der Küstenstraße in großen Funkenbällen explodierten. Stefanos bremste nicht ab, er fuhr durch den Staub- und Funkenregen hindurch, der Hubschrauber genau über ihm.

»Ein grandioser Abgang!«

»Diese Nacht werden die nicht vergessen.«

»Völlig durchgeknallt!«, war Julias erstes Kommentar, nachdem Niko mit seiner Zusammenfassung fertig war.

»Aber es hat funktioniert« Niko betrachtete Julias ausladendes Kleid.

»Wie war Thaumas' Flucht?«

Julia lehnte sich zurück und leerte ihr Glas.

»Völlig reibungslos. Angelikas Zugriff und das darauffolgende Chaos machten es nicht nötig, dass ich Thaumas unter meinem Kleid versteckt hinausbringe.«

Ryan lachte auf.

»Der junge Kerl wird sicherlich traurig gewesen sein, dass dieser Teil des Plans nicht stattgefunden hat.«

»Er ist echt süß. Wann wollt ihr ...?« Das Telefonläuten unterbrach Julia.

Kira fragte nach, ob sie noch munter waren.

»Das ist gut!«, meinte sie, als er ihre Frage bejahte, »Dann kommt runter zum Strand. Wir können alle nicht schlafen und wollen uns vor dem ‚Porto Paradiso‘ treffen. Manos hat darauf bestanden, dass wir gemeinsam den Sonnenaufgang genießen.«

Ich weiß, immerhin habe ich ihm diesen letzten Auftrag gegeben, dachte Niko.

Niko sagte zu, legte auf und lehnte sich mit einem entspannten Grinsen im Gesicht zurück.

»Und nun kommen wir zum letzten Teil dieses perfekten Coups«, meinte er triumphierend.

Kira erwartete sie bereits, rannte Niko entgegen und fiel ihm um den Hals.

»Das war einfach nur verrückt! Du bist einfach nur verrückt«, sagte sie, während sie Niko fest an sich drückte.

Als sie ihn losließ, fiel ihr das dunkelblaue Armband an Nikos Handgelenk auf. Es war ein dünnes, geknüpftes

Band, mit einem runden Anhänger. Auf der kleinen silbernen Scheibe waren die Kontinente zu erkennen. Ein weiterer kleiner Anhänger war das Logo von ›4ocean‹.

»Woher hast du …?«

»Später, Kleine«, antwortete Niko und machte Platz, als die Nächsten erschienen und Kira gratulieren wollten.

Die Bar war geschlossen, aber jeder, der eintraf, hatte Getränke und Snacks mitgebracht. Man grüßte und gratulierte sich gegenseitig, lachte zusammen und wollte die Details erfahren, die nicht jeder mitbekommen hatte. Jeder der Anwesenden war überdreht, aufgekratzt und voller Energie. Einige erfuhren erst jetzt, wie erfolgreich der Abend tatsächlich verlaufen war. Deshalb waren Sílas und Tákis besonders begehrt, mehrmals mussten sie berichten, was mit den Mengen an Feuerwerksraketen geschehen war.

»Darf ich kurz um Aufmerksamkeit bitten?«, versuchte Kira, für Ruhe zu sorgen. Es dauerte, aber sie schaffte es, dass alle zu ihr blickten, als sie auf eine Liege stieg und mehrmals klatschte.

»Jetzt, wo wir alle hier versammelt sind, möchte ich euch danken! Das, was heute Nacht passiert ist, war einfach nur Wahnsinn!«

Jubelschreie und Applaus brandeten auf.

»Danke! Jeder hier hat mitgeholfen, dass …«, Kira stockte. Sie blickte über all ihre Freunde und Tränen stiegen ihr in die Augen, »Ihr habt mir … meinen Traum vielleicht doch noch möglich gemacht.«

Weiter schaffte sie es nicht, die Tränen rannen ihr über das Gesicht. Manos schnappte sie, hob sie herab und küsste sie unter lautem Applaus.

Julia und Niko standen abseits und sahen dem Treiben zu.
»Du hast heute einige Kids sehr glücklich gemacht«, sagte Julia und prostete ihm mit einer Flasche zu.
»Die Kleine hat es verdient.«
»Du weißt, das alles wäre nicht notwendig gewesen. Schon vor zwei Wochen hättest du ihr diese Freude bereiten können.«
Niko nickte.
»Das wäre nicht dasselbe. Diese ganze Gruppe, dieses Erlebnis wird ihnen lange in Erinnerung bleiben und ...«
»Fuck it«, unterbrach ihn Julia, »Du wolltest deinen Spaß haben, du wolltest diesen Wahnsinn durchziehen und es hat dir gefallen.«
Ein kurzes Grinsen huschte über Nikos Gesicht.
»Vielleicht.«
»Damit eines klar ist, Honey«, sie drehte ihn zu sich, »Wenn du bei mir lebst, gibt es solche Aktionen nicht mehr.«
»Und wenn mir im hohen Norden langweilig wird?«
»Du kannst jederzeit auf die Insel fliegen. Aber ich will mir keine Sorgen machen müssen um meinen Mann.«
»Deinen Mann?« Dieser Ausdruck war neu für Julia und klang seltsam für Niko.
»Ja, mein Mann. Oder weißt du nicht, was nach einer Verlobung kommt?«
Sie zog ihn zu sich und küsste ihn, doch nach wenigen Sekunden unterbrach sie das Läuten von Nikos Handy.

Es war eine Nummer mit griechischer Vorwahl, auf die Niko bereits wartete.

»Ja? ... Ok, in 10 Minuten.«

Zu allen Anwesenden, die inzwischen in Gruppen über den Strand verteilt standen, rief er: »Kommt alle zusammen, gleich geht die Sonne auf!«

»Und dann?«, fragte Kira nach.

»Dann beginnt ein neuer Tag.«

Um diese Zeit hatten sie den Strand ganz für sich alleine. Barfuß und nahe am Wasser stehend blickten sie nebeneinanderstehend hinauf auf das Meer. Am Horizont trennte ein dunkelorangefarbener Streifen das Meer vom Himmel.

»6:15, genau jetzt sollte die Sonne aufgehen.«

Tatsächlich erschien die Sonne pünktlich, zuerst nur als kleiner Punkt am Horizont, bevor sie langsam hinauf wanderte.

»Und jetzt?«, fragte Kira.

»Geduld, Kleine.«

Nach weiteren zwei Minuten fragte Kira erneut nach. Sie konnte nichts sehen, außer das Meer und die aufgehende Sonne, die alles in ein warmes Licht tauchte. Kleine, sanfte Wellen sorgten für ein leises Rauschen in der morgendlichen Stille. Am Horizont war ein kleiner dunkler Punkt erkennbar, der näher kam.

»Niko? Wir kennen den Strand und das Meer. Was genau ...?« Eine entfernte Schiffshupe unterbrach sie. Auch wenn das dazugehörige Schiff noch weit entfernt war, reagierten die ersten der Versammelten.

»Ist das ...?«

»Das kann aber nicht sein, oder?«

»Fährt es wirklich wieder?«

Kira sah konzentriert auf das näherkommende Schiff und verblasste plötzlich, als ihr der Gedanke kam, was sie gerade zu sehen bekam. Julia reichte ihr ein Fernglas.

Mit zitternden Händen blickte sie hindurch und fixierte das Schiff.

Ein Frachter, dessen Silhouette sie augenblicklich erkannte, in der Mitte des Schiffes ein Kran, zwei Beiboote, die auf der Ladefläche vertäut waren.

»Falls du es nicht lesen kannst, auf der Seite steht: OPR 2 Kríti 2.0«, flüsterte ihr Julia ins Ohr.

Kira brachte kein Wort heraus, starrte nur auf das Schiff, auf dem mehrere Personen an Deck herumliefen. Kurz darauf wurden Leuchtraketen abgefeuert, die am Himmel in dichten roten Wolken explodierten.

»Dein Schiff erwartet dich in Heraklion, morgen geht die Reise weiter«, sagte Niko.

Jubelschreie und lautes Gejohle brachen aus, die Anwesenden am Strand jubelten dem Schiff zu.

»Aber wie?«, fragte Kira, die die Situation zunehmend überforderte.

Julia gesellte sich zu ihr.

»Wir haben etwas von unseren Reserven ausgeborgt. Für den Fall, dass Nikos Plan nicht erfolgreich gewesen wäre, hätten wir …«

Julia konnte nicht weitersprechen, als Kira ihre Hände um sie schlang und die Frau fest an sich drückte.

»Danke«, mehr brachte Kira nicht heraus.

Das Strandbarpersonal erschien wie jeden Tag um halb acht Uhr. Normalerweise waren sie alleine, die ersten Touristen kamen selten vor acht Uhr. Doch an diesem Tag erwartete sie eine Überraschung.

Ein Dutzend Personen saßen bereits an den hergerichteten Tischen und winkten ihnen zu. Alle wirkten müde aber aufgekratzt, an sich typisch für Touristen, die die Nacht durchgemacht hatten. Aber es waren keine Touristen, sondern vorwiegend bekannte Gesichter aus dem Ort.

Auch Giannis erschien und steuerte auf Kira und Niko zu.

»War wohl eine lange Nacht für euch alle? Habt ihr Erfolg gehabt?«

»Da gibt es viel zu erzählen ... bei Kaffee und Omeletts für alle.«

Niko begann zu erzählen, aber binnen weniger Minuten sprachen wieder alle durcheinander. Giannis tat sich schwer, bekam mit der Zeit aber eine ungefähre Vorstellung, was in der Nacht passiert war.

Bis die Erzählung beim Sonnenaufgang und dem Erscheinen des neuen Schiffes angelangt war, waren die Tische voll mit Kaffees, Omeletts und frischem Brot. Nachdem er nahezu alles erfahren hatte, schüttelte Giannis den Kopf und stieß Niko freundschaftlich an.

»Wirst du es jemals schaffen, auf Kreta Urlaub zu machen, ohne ...«

»Nächstes Mal vielleicht«, unterbrach Niko Giannis mit einem Grinsen, »Julia, Alison und ich sind aber noch einige Zeit hier, vielleicht haben wir Glück.«

»Was mich noch interessieren würde ...«, fiel Giannis ein, »Was hat es mit dem Schiff auf sich? Du hast das

Geld vom Casino verloren, das Geld und Gold aus der Festung von Viktor erst vor wenigen Stunden geholt ...«

»Wir haben das alles nicht wegen des Geldes gemacht«, antwortete Julia.

»Es wäre ein Leichtes gewesen, einfach von einem meiner Konten das Geld zu überweisen. Eigentlich habe ich es ja auch gemacht. Die Reparatur wurde schon vor zwei Wochen in Auftrag gegeben, das war Nikos erste Handlung, während er seinen Plan überlegt hat.«

Die Aufregung hielt alle munter, anstatt heimzugehen und sich hinzulegen, wurden Badesachen geholt und alle liefen und sprangen ins Meer. Inzwischen war der Frachter weitergezogen und Kira war offiziell informiert worden, dass sie am folgenden Tag in der Früh am Hafen von Heraklion erwartet wurde.

Nachdem sie auch den Vormittag gemeinsam am Strand und im Meer verbrachten, entschieden Kira und Manos, die Gruppe nach dem Mittagessen zu verlassen. Im Gegensatz zu allen anderen mussten sie etwas Schlaf bekommen, um für den nächsten Tag fit zu sein. Niko versprach ihr, sie beim nächsten Hafen zu besuchen und gemeinsam mit Julia und Alison an Bord zu kommen.

Niko saß zurückgelehnt in seinem Stuhl, Julia neben ihm, und blickte hinaus auf das Meer.

»Wenn du zu mir ziehst, ist es vorbei mit solchen Abenteuern«, stellte Julia erneut klar.

»Habt ihr es endlich besprochen?«, fragte Alison.

»Da gibt es nichts zu besprechen. Nach dem Urlaub werde ich alles Notwendige organisieren«, antwortete Niko.

»Das wird was!«, freute sich Alison, »Im Familienunternehmen MacHart wird sich sicher etwas für dich finden, damit dir nicht langweilig ist.«

Vom Parkplatz, der sich hinter der Bar und dem Restaurant befand, war das Quietschen eines Fahrzeuges bis zu ihrem Tisch zu hören.

»Was für ein Verrückter kommt denn jetzt?«, wunderte sich Alison.

Sie erhielten umgehend die Antwort, als neben dem Bartresen eine Frau auftauchte und auf sie zustürmte.

»Ihr verdammten ...«, rief Angelika Spiegel ihnen entgegen und marschierte wutentbrannt zu ihrem Tisch.

Niko stand auf und baute sich vor ihr auf.

»Nicht in diesem Ton, werte Frau Kommissar.«

»Ich bin keine Kommissarin, sondern ... Egal, was hast du dir eigentlich dabei gedacht? Und versuch ja nicht, irgendetwas abzustreiten!«, fauchte sie ihn an.

Niko antwortete nicht, dafür entkam ihm ein Lächeln.

»Es tut mir leid, ich habe keine Ahnung ...«

Angelika holte mit der Hand aus, ließ sie aber wieder sinken.

»Ich sollte dir hier und jetzt eine Lektion erteilen ...«

»Das wäre keine gute Idee«, unterbrach Tákis, der zusammen mit Ryan und Sílas plötzlich hinter ihr stand.

Niko deutete auf den Platz neben sich, Angelika schnaubte und nahm dann Platz.

»Fangen wir nochmal von vorne an. Guten Tag, ein Bier vielleicht?«

Dreißig Minuten, zwei Bier und ein Sandwich später wirkte Angelika etwas gelassener.

»Wir haben das Drogenlager ausgehoben und einige große Namen im Geschäft erwischt. Soviel zum guten Teil der Geschichte. Aber könnt ihr euch vorstellen, wie die Spezialeinheit geschaut hat, als sie das Anwesen von Viktor Samoros stürmten? Zuerst die Feuerwerkskörper vor dem Tor, als hätte jemand Silvester für drei Jahre gefeiert. Dann der Innenhof, voller ... schwer zu beschreiben, abgebrannte Rauchbomben, Glitzerkonfetti und dann noch dieses Loch in der Mauer.«

Ohne eine Miene zu verziehen, hörte Niko ihr zu.

»Nach den ersten Untersuchungen hat jemand mit Fachkenntnissen einen speziellen Sprengsatz für die Tür zu den unteren Räumen benutzt. Eine Stabbrandbombe oder Ähnliches. Sagt dir natürlich nichts, Niko?«

Er schüttelte nur den Kopf.

»Wer auch immer das war, hat sich regelrecht durch die Stahltür gebrannt. Weißt du, was Thermit ist?«

»Thermit ist eine Mischung aus Eisenoxid und Aluminiumgrieß. Bei dieser exothermen Reaktion entsteht eine Temperatur von ungefähr 2400 Grad«, erklärte Sílas trocken und leerte sein Bierglas, »Auch ein Bier?«, fragte Niko in Richtung Angelika.

Angelika wurde ernst.

»Wo ist das Geld?«, fragte sie.

»Wir hätten einiges gewonnen, aber das wurde uns abgenommen.«

»Wo warst du gestern beim Zugriff?«

»Nach meiner Niederlage beim Pokern bin ich raus. Die kühle Nachtluft war ...«

»Schwachsinn!«, fauchte Angelika ihn an, »Irgendwie hast du es geschafft, oder organisiert, dass ihr vor uns zur Festung gelangt seid und dort ein Chaos veranstaltet. Wieso haben wir die Drogen gefunden, aber nur Peanuts an Geld und anderen Vermögenswerten? Das Schiff deiner Freundin ist plötzlich wieder unterwegs, glaubst du wirklich, wir finden nicht heraus, woher das Geld kommt?«

»Da kann ich helfen«, mischte sich Julia ein, »Die Reparatur wurde in voller Höhe von der MacHart-Foundation mit Sitz in Schottland beglichen. Die Belege kann ich innerhalb von Minuten besorgen.«

Angelika starrte Julia stumm und mit wutentbranntem Blick an. Das Bier, welches ihr hingestellt wurde, beachtete sie nicht.

»Wie verrückt seid ihr alle eigentlich?« Ihre Stimme war nicht viel lauter als ein Flüstern.

Julia und Niko sahen sich an.

»Das ist eine schwierige Frage«, überlegte Julia, »Aber auf einer Skala von 1 bis 10 ...«

»Mindestens eine Zwölf«, sagte Niko und schob das Bierglas näher zu Angelika.

Wortlos tranken sie und blickten auf das Meer hinaus. Nach zwei Minuten war Angelikas Bier leer. Sie warf nochmals einen Blick über die Bar und stand auf.

»Okay, ich werde euch nicht länger behelligen. Eure Namen scheinen nirgends auf, eure Casino-Tricks interessieren niemanden. Kann ich davon ausgehen, dass ich nichts mehr von euch hören werde?«

»Ziemlich sicher.« Niko hob sein Glas und nickte ihr zu.

Ohne sich zu verabschieden, wandte sich Angelika ab und ging davon.

»Und jetzt?«, fragte Julia.

»Jetzt machen wir endlich Urlaub«, antwortete Niko und zog seine Verlobte zu sich.

Der Mond leuchtete neben dem Gipfel des Berges, den Niko besonders gut kannte. An der Bar herrschte ausgelassene Stimmung. Eine Gruppe Jugendlicher feierte Geburtstag, die Musik war lauter als sonst, zwischendurch wurde getanzt.

Dazwischen saßen Julia, Alison und Niko an einem Tisch und sahen sich das rege Treiben an.

»Wir könnten nachher noch in die Disko gehen«, schlug Alison vor.

»Ich will nur noch ins Bett, immerhin bin ich seit mehr als 24 Stunden auf den Beinen«, sagte Julia, der die Müdigkeit inzwischen anzusehen war. Auch Niko lehnte müde in seinem Stuhl.

»Morgen ist auch noch ein Tag. Wir sind noch einige Zeit hier, für heute ist Schluss«, entschied er. Er deutete dem Kellner, als Kira und Manos auftauchten.

»Noch immer da oder habt ihr auch schon etwas geschlafen?«, fragte Kira.

»Noch immer, aber gleich nicht mehr«

»Ach komm, alter Mann, ein Getränk noch.«

Niko verdrehte die Augen, ließ sich aber überreden, noch eine Runde Cocktails zu bestellen.

»Morgen geht also deine Reise weiter, Kleine!«, meinte Niko, als die Getränke serviert wurden.

»Und deine Reise?«, fragte Kira.

»Meine? Wir sind noch einige Wochen hier, also ...«

»Ich meine, deine private Reise?«

Niko sah zu Julia, legte den Arm um ihre Taille und zog seine Verlobte zu sich.

»Diese Reise hat gerade erst begonnen.«

ENDE

Über den Autor:

Joachim Koller, geboren 1978 in Wien, lebt in Niederösterreich. Nach dem abgeschlossenen Realgymnasium in Wien arbeitete er für mehrere Jahre im Reisebüro. Daher stammt auch seine große Leidenschaft neben dem Schreiben, das Reisen. Inzwischen ist Joachim Koller beim Roten Kreuz tätig.
Die Handlungen in seinen Büchern finden zumeist an real existierenden Orten statt, sei es Wien, Kreta oder Schottland.

Weitere Informationen unter:
https://www.facebook.com/kollerjoachim

Instagram: joachim_koller_autor, #jkautor

Weitere Bücher des Autors:

24 Stunden Angst

Eine Geiselnahme im Museum, ein scheinbar perfekter Plan und ein Vater, der alles versucht, um sein Kind zu retten. Das sind die Zutaten eines rasanten Thrillers, mitten im Herzen von Wien.

Als seine Tochter, zusammen mit anderen Kindern, in die Gewalt von Geiselnehmern gerät, wird das Leben von Tom Korn mit einem Schlag komplett aus der Bahn geworfen. Zusammen mit der Polizei muss er sich auf ein böses Spiel mit den Verbrechern einlassen um die Kinder nicht zu gefährden. Es scheint, als wären ihnen die Verbrecher immer eine Spur voraus…

Kollateralschaden

Eine Terrorgruppe bedroht ganz Wien und hält die Stadt in Atem. Ein Flugzeugabsturz und ein Anschlag auf ein Wiener Wahrzeichen stürzen die Stadt beinahe ins Chaos. Doch wie schnappt man Terroristen, die den Ermittlern immer einen Schritt voraus sind?

„Ihnen steht ein Spiel mit hohem Einsatz bevor, denn Sie stehen am Anfang einer Terrorwelle, die über Wien hereinbrechen wird. Der Einsatz dabei sind die Leben Ihre Bürger und Bürgerinnen, Herr Bundespräsident."

Mit diesem Anruf beginnt die Jagd auf einen terroristischen Erpresser, der die Hauptstadt Österreichs in Atem hält.

Die Ermittler Hans Martin Gross und seine Kollegin Gabriele Zauner müssen erkennen, dass ihr Gegner ihnen scheinbar immer einen Schritt voraus ist. Gleichzeitig müssen sie sich auch mit Widerstand in den eigenen Reihen beschäftigen.

Ganz andere Probleme hat der Berufsfahrer Ben. Seine Ehekrise wird aber zur kleinsten Sorge, als er in das perfide Spiel des Erpressers hineingezogen wird.

Jede Spur auf der Jagd nach den Terroristen verläuft im Sand. Doch eine unausgesprochene Regel des Spiels besagt, dass nicht alles so ist, wie es scheint. Und nicht jeder verfolgt die offensichtlichen Ziele ...

Adventmörder

Eine grausame Mordserie mitten in der Wiener Adventszeit.
Ein Team ohne verwertbare Hinweise.
Ein Motiv, das einen Ermittler an seine dunkle Vergangenheit erinnert.

Kurz vor Weihnachten sorgt eine bestialische Mordserie in Wien für Aufsehen. Als ein Kollege dem unbekannten Killer zum Opfer fällt, nimmt Hans Martin Gross, Leiter des Verfassungsschutzes und ehemaliger Undercover-Polizist, an den Ermittlungen teil. Zusammen mit seiner Kollegin Gabriele Zauner und zwei recht unerfahrenen Ermittlern versuchen sie, den Mörder zu fassen. Dabei müssen sie feststellen, dass sie nicht alleine bei ihrer Spurensuche sind.

Noch dramatischer wird die Situation, als das wahre Motiv des Serienmörders bekannt wird und Hans Martin sich seiner Vergangenheit stellen muss.

Schwarzes Blut

**Ein neuer Geheimdienst in Wien
Ein Team, das sich beweisen muss
Ein Anschlag, der die Welt verändern wird**

In Wien beginnt der neue österreichische Geheimdienst seinen Dienst.

Während der neugewählte Bundes-präsident noch Zweifel hegt, läuft bereits die erste Bewährungsprobe.

In einer Undercover-Mission wird eine rechtsradikale Gruppe ausspioniert, nachdem es Vermutungen gibt, dass sie einen größeren Anschlag planen.

Beinahe gelingt es, die Details zu dem mutmaßlichen Plan zu erfahren, doch dann kommt alles anders: Ein Attentat auf dem

Donauturm, ein undurchsichtiger Wissenschaftler und eine Phiole mit einem unbekannten Virus sorgen für Aufregung.

Als klar wird, wie gefährlich das entdeckte Virus tatsächlich ist, muss das Team alles riskieren, um eine weltweite Katastrophe zu verhindern.

Eine Katastrophe, die die Welt für immer verändern würde...

Secret of Time
Ausnahmezustand in Barcelona

Was als Urlaub in Barcelona beginnt, wird zu einem gefährlichen Abenteuer rund um ein lang vergessenes Familiengeheimnis. Als eine Katastrophe über die Stadt hereinbricht, hat Leon nur eine Chance, seine Freunde und nebenbei die Welt zu retten...

Es soll ein ganz gemütlicher Urlaub in Barcelona werden, bei dem Leon auch etwas über ein seltsames Erbstück von seinem Vater erfahren möchte.

Als er dabei neue Freunde trifft, lernt er die spanische Stadt besser kennen und bekommt auch noch die Möglichkeit mehr über seine Vorfahren zu erfahren. Hinter dem Erbstück steckt eine mysteriöse Geschichte rund um die berühmten Architekten der Stadt. Doch von der dazugehörigen Legende über Zeitreisen hält Leon nicht viel.

Aber dann bricht die Katastrophe aus. Die Stadt wird das Ziel eines Terroranschlags, wie ihn die Welt noch nicht erlebt hat. Barcelona versinkt im Chaos und plötzlich muss Leon darauf hoffen, dass die Legende wahr ist. Er setzt alles daran um seine Frau, seine neuen Freunde und nebenbei noch die Welt zu retten.

Bittersüßer Rakomelo

Eine perfekt geplante Intrige an den schönsten Orten Kretas, eine Entscheidung zwischen Vergeltung, Liebe und Freundschaft und dazu ein großer Schluck des kretischen Nationalgetränks – das sind die Zutaten eines Sommers, der alles verändern wird.

Es ist der Beginn eines herrlichen Sommers, jedoch weder das Wetter noch die Schönheit der Insel sind der Grund für Ryans Reise nach Griechenland. Zusammen mit seinem langjährigen Freund Tákis, der für ihn wie ein Bruder ist, haben sie einen von langer Hand vorbereiteten Plan, um den Mord an Tákis' Vater zu rächen.

Mit falscher Identität und viel Hintergrundwissen gelingt es Ryan, an dessen Tochter und somit auch an ihn ranzukommen. Alles läuft nach Plan, Ryan zeigt der Tochter die Highlights von Kreta und gewinnt schnell ihr Vertrauen und auch ihre Zuneigung.

Doch als er seine Identität für einige Zeit fallen lassen kann, gerät das gesamte Vorhaben ins Wanken und er muss überlegen, wie und ob er weitermachen will. Als auch seine enge Freundschaft zu Tákis an der Kippe steht, muss er eine Entscheidung treffen, die für alle Beteiligten weitreichende Auswirkungen hat.

Eine Entscheidung zwischen Rache und Liebe, zwischen Familie und Vergeltung.

Unter den Augen des Minotaurus

Kreta: Gerade auf die Insel, die er
nie betreten wollte, verschlägt es
Niko, um die Tochter seines
Freundes zu finden.

**UNTER DEN AUGEN DES
MINOTAURUS**

Sonne, Strand und Meer interessieren
ihn dabei nicht, er will nur so schnell
wie möglich wieder zurück. Doch
dann überschlagen sich die Ereignisse
und aus dem einfachen Auftrag wird
ein riskantes Unterfangen, als er sich
inmitten   eines   alten
Familiengeheimnisses wiederfindet.
So landet Niko in einem Abenteuer
rund um die griechische Mythologie des Minotaurus und der
Minoer. Ganz nebenbei holt ihn auch noch seine Vergangenheit
ein, die er eigentlich hinter sich lassen wollte.

Fate of Whisky
Rückkehr der Vergangenheit

Schottland: Ein vermeintlich leichter Auftrag bringt Niko in das Land der Mythen, Legenden und Burgen. Aber noch nicht einmal gelandet steckt er mitten in einer Fehde zweier verfeindeter Clans.

Zusätzlich weckt Schottland alte Erinnerungen an seine Jugendliebe. Somit wird die Reise von Rückblenden in die 90er-Jahre begleitet, zu einer Lovestory, die unerwartet und rätselhaft endete.

Unterwegs lernt er das Land von seiner schönsten Seite kennen und erfährt mehr über eine alte Legende, doch diese lässt ihn - zumindest vorerst - kalt.

Denn es wartet noch eine Überraschung auf ihn, die nicht nur sein Leben völlig auf den Kopf stellen wird.